李筱懿 著

气场哪里来

花城出版社

中国·广州

果麦文化　出品

开篇 / 气场到底是什么

"气场"早已是个热词，大家说到气场，不是"强大"就是"全开"，难道气场只有这一种类型吗？肯定不是。

杨绛先生的知性、特蕾莎修女的慈悲、张爱玲的才华、奥黛丽·赫本的纯粹、林徽因的优雅、巩俐的霸气，都是一种独特的气场，用润物无声的方式传递着她们的思想、状态和观点，左右着她们的表情、行为和表达方式，决定着她们处理大事小情的方法，甚至最终影响着各自人生的走向。

所以，气场当然很重要，可它究竟是什么呢？

这就是我在这本书里面想说明白的核心。

1. 气场融合了管理学、营销学、心理学、经济学等各种学科知识

我几乎查阅了能找到的所有关于气场的书籍和资料，综合起来筛选后发现，可以从两个方面来理解气场——

第一，气场是一种由多重能力综合形成的能量场，有积极的一面，也有消极的一面。积累正向经验增加正向能量，积累负向经验增加的是负面能量，也就是我们说的正能量和负能量。负能量爆棚的人，气场也可以很

强，但是，却是一种消极的气场。所以，我们划分气场，仅仅从强和弱来划分比较片面，如果加入积极面和消极面来衡量，会更有利于取长补短。

第二，人的气场可以分成三层，由外到内分别是物理场、生理场和心理场。物理场体现你对周遭环境的把控程度；生理场是你的言谈举止、仪容仪表；心理场是你的"内部经验系统"。

首先是物理场。物理场指的是周围的客观环境。我们操控环境的力量很小，天时地利可遇而不可求，顺应自然规律比不切实际的努力更靠谱，比如从我们的祖先传承下来的"日出而作，日落而息"的习惯，就是对自然规律的顺应，发展到今天，我们知道要遵循"昼夜节律"，顺应自然才能够积累更多的能量，气场相应就越明显。

生理场指的是人的一切外化表现形式，比如行为举止是否得体，仪容仪表是否合宜，身体是否健康，等等。形体、姿势、动作，都透露出某人的气场信息，我们时常评价某人气场强大或气场很弱，通常都是指可见的这一部分。

最后一层，心理场。我来特别敲下黑板，气场的三个层次中，心理场不仅最重要，而且最需要学习和修炼。

"相由心生""由内而外"这些词大家都不陌生，所以，一个人的生理场往往是心理场反射出来的外在表现，心理场是我们所思所想聚集而成的一种综合能量，这些能量通过内部的"经验系统"作用于外部。

有句话说，"你的脸上写着你走过的路、读过的书、爱过的人、吃过的亏"。在生活中，人们不断积累经验——阅读、旅行、经历友情和爱情、得到奖赏、遭遇挫折，逐渐在内心形成一套独有的"经验系统"，这种"经验系统"反过来又会影响人们对外部世界的认识、判断和待人接物的态度。

所以说，你走过的路、读过的书、爱过的人、吃过的亏，这些从来都没有浪费，而是自行消化，消化完了之后，再外化成为你气场的一个部分。

而我们这本书的核心内容，就聚焦在"心理场"。

美国的皮克·菲尔博士发起了"每个人都有吸引力"运动，他说：

强大的气场是一个人的存在感和吸引力之所在，是他身上无与伦比的光环。

虽然听上去玄妙，但是，在理解了"心理场"之后就会发现，气场其实一点都不玄幻，它是把管理学、营销学、心理学甚至经济学等各种学科知识融会贯通之后，综合运用的结果。

什么是"气场强大，心想事成"？其实就是"吸引力法则"的运用。

当一个人的思想集中在某领域的时候，跟这个领域相关的人、事、物就会被他吸引而来，所以他把事情做成的概率要高于一般人。

什么是"喜怒无常，难以控制"？其实就是"心理斜坡"的表现。

"心理斜坡"是指人的感情在外界刺激下产生不同等级情绪反应时，所形成的类似于金字塔形状的心理斜面，看上去情绪非常极端。

什么是"第一印象差"？其实就是心理学当中的"首因效应"产生的结果。

"首因效应"说的是最初接触到的信息所形成的印象，对我们后来行为活动和评价的影响，人们根据最初获得的信息所形成的印象很难改变，即便后来的新信息不断解释，也很难覆盖之前的第一印象。

这一下子说明白了"为什么小透明没有存在感"，因为它们的第一印象极其微弱，后面翻盘的难度太大。

你看，气场和情商一样，都是一种本领和技能，都可以通过不断的训练和改造而有明显提升。

因为"道理"难懂，所以，我为你准备了容易记忆的分类方式和案例。

2. 气场的分类和案例

怎样让女性对"气场"这个抽象的概念有具体的理解呢？我想到了用颜色分类的方法，把气场分为六种颜色：黑色、红色、白色、紫色、蓝色和黄色。

黑色，我把它叫作"BOSS"气场（大佬气场），攻击性十足，气场中的战斗机，隔绝外界侵扰，有极强的保护色，从优势上看是"做大事、打大仗"的必备要素，却也存在"腹黑、复仇、凶狠"的负面。

红色，我把它叫作"C位"气场，日常所说的"气场全开"大多是这种，它蕴含着强烈的能量、热情的性格、开放的心态，它的生命力满格，可是也有鲁莽、强硬和暴躁的一面，甚至还有点"雷声大雨点小"的虚无。

白色，我把它叫作"好人缘"气场，白色气场的人通常非常受欢迎、好相处，社会评价极高，可是一不小心，也容易变成"老好人"，过于迁就的老好人还会把自己憋出内伤。

紫色，我把它叫作"优雅"气场，紫色是变化之色，浅淡的紫色代表谦虚内敛，深邃的紫色代表巨大的意志力，对个人成就有深切渴望，但是节奏感往往比较慢，天生的敏锐如果不加控制会导致情感的波动。

蓝色，我把它叫作"知性"气场，"知性"是很多女性追求的状态，沉着而冷静，专注而理性，博学多才。可是，所有事情都有两面性，过度自律就是呆板苛刻，过于冷静常被视为无情，甚至还有点高冷和精神洁癖。

黄色，我把它叫作"第一印象"气场，它明媚活泼，开朗好动，充满创意和热情。只是炽烈很难长久，前路漫漫，谁都不可能人见人爱，简单到极致既有可能是智慧，更有可能是单调和乏味。

分类方法有了，怎样选择案例让抽象的概念更容易理解呢？我想到中国历史上有那么多性格各异、精彩纷呈的女性，是否能够从她们的经历和故事来解读"气场"这个概念呢？为此我花了18个月时间，比预想中漫长很多，因为资料的搜集和整理难度挺大。

我查阅了《二十四史》和相关资料，你猜猜合计3213卷、约4000万字的《二十四史》总共记载了多少位女性？除了皇后、嫔妃和公主以外，标明姓氏的，共901人。其中《明史》308人，《元史》187人，《宋史》55人，《前汉书》《五代史》各有1人。《宋书》《齐书》《陈书》《周书》等史书则一个也没有，甚至在这901人中，有62人是重复的，所以实际人数大约是839人，有细节记载的就更加罕见。

这太不应该了！

我打定主意要找到详细的史料，把中国古代这些曾经鲜活的女性，和"气场"这个热门的词语连接起来，用她们的故事来解释高深的专业词语，这里也包含了不同时代的政治制度、文化特点、诗词歌赋，以及背后的传说。如果能够一不小心让你重读了一段历史，重新认识了一个人，看到了一首动人的诗，对于我这个作者来说，就是特别值得高兴的一件事。

当然，我才华有限，疏漏难免，欢迎你的指正。

3. 女性的"气场"究竟有什么作用

了解气场的基本概念之后，再来看看我们通常所说的"气场强大"指的是什么。

"气场强大"就是当一个人在面对各种人和事的时候，她的内部经验系统都能提供足够的能量去胜任事情、解决问题。她所表现出来的沉着和无所畏惧，就是一种强大的气场。当我们做一件事情或是和一个人打交道时，如果我们的气场能量高于这件事或这个人，就能轻而易举地解决；如果气场能量低于这件事或这个人，我们就会感到处于弱势，觉得不自在。

比如黑色"BOSS"气场的代表吕雉，和黄色"第一印象"气场的戚夫人，她们俩相遇时，格局和结局完全不同。

起初，戚夫人以灵动的女性特质获得了丈夫刘邦的偏爱，在夫妻关系中占了上风。可是，当刘邦去世之后，皇后吕雉将政敌和情敌戚夫人囚禁在永巷舂米，戚夫人愤愤悲歌："子为王，母为虏。终日舂薄暮，常与死为伍。相离三千里，当谁使告女？"这些指望儿子报仇的话传到吕后耳中后引起轩然大波，戚夫人被砍去手脚、戳瞎双眼、灌上哑药做成"人彘"，儿子也被毒死，假如戚夫人能够在实力悬殊的利益争斗中不迈出那嚣张而又危险的一步，结局是否会不一样？

谁都有委屈，谁都想痛痛快快、潇潇洒洒地生活，谁都不希望受制于其他人和事，可是，大多数一时的痛快，换来的都是长久的痛苦，能把委屈当作饭和菜咽下去，还在脸上露出微笑的女人，气场才是真正的强大。

曹操的妻子卞夫人没有经天纬地的才情，却在复杂的家庭关系中分寸得当，不嫉恨丈夫对前任丁夫人的厚待，对所有子女一碗水端平，以身作则规范娘家人的行为，这些看上去都是小事，但是做到这些小事，着实大不易。

具备卞夫人这样白色"好人缘"气场的女性，不会总是带着嫉妒心和怨气，不会看不得别人比自己强，把世界当作假想敌，动不动就想着竞争和胜出，她的心既宽且大，团结一切可以团结的人，看上去先成全了别人，最终的结果却是成全了自己，真正获得最大化收益的反而是自己。

为了解读这些不同的气场，我给每个人物提炼出一个关键词，对应了管理学、营销学、心理学或者经济学中的一个概念，让你印象深刻，便于理解。

这本书一共包含了19位中国古代女性，她们诠释了六种颜色、不同气场的特质，既有优点，也有缺点，在过程的分析和结局的对比中带给你不一样的阅读感受。无论黑色、红色、白色气场，还是蓝色、紫色、黄色气场，女性如果掌握了足够多的知识和见识，她的行为会截然不同。

如果能够取长补短，把不同颜色的气场特质进行综合运用，女性会同时具备既果断又善良，既勇敢也敏感，既聪明又专注，既与人为善也懂得自保等复合型特点。

我相信生活会由此而变得更加宽阔和顺畅。

感谢你的阅读。

李筱懿

目录 | contents

第一章
黑色 "ＢＯＳＳ" 气场

　　它攻击性十足，是气场中的战斗机，隔绝外界侵扰，有极强的保护色，从优势上看是"做大事、打大仗"的必备要素，却也存在"腹黑、复仇、凶狠、过犹不及"的负面。

　　女性在遇到棘手的问题、重大的决策、关键性的谈判时，往往欠缺"沉住气"和"正面进攻"的能力，黑色领导力气场目标感极强，对自我规划和职场发展助益很大，领导力的本质是将个人气场转化为群体气场，将个人理想转化为团队理想，因此，黑色气场往往能够把团队愿景与个人理想相融合，获得世俗意义上的成功。

吕雉：通往成功之路

1

公元前180年8月，62岁的皇太后吕雉病重于长安城未央宫。

这座巍峨的宫殿存世至少1041年，经历多朝风雨，是中国古代规模最大的宫殿建筑群，面积相当于六个北京紫禁城，内里层台累榭，钩心斗角，山水沧池，布列其中。虽然已经任命两个侄子吕禄、吕产分别统领北军和南军，但自知已无多少时日的太后依旧忐忑，她叮嘱吕氏亲属："皇帝年轻，大臣可能发生兵变，你们要牢牢掌握军队，守卫宫殿，千万不要离开皇宫为我送葬，以免被人扼制。"

8月18日，吕雉病逝。她是历史上有记载的第一位皇后和皇太后，也是第一个临朝听政的女性，倘若有幸生在当下，或许会如撒切尔夫人一般被尊称为"铁娘子"，被人写一本《我是牌中大王：撒切尔夫人传》的传记。

吕雉现实而冷酷，可是哪个现实的女人，不是从梦幻的少女出发？

吕雉和刘邦的婚姻，非常有戏剧性。

吕雉的父亲吕公是沛县县令的好友，迁居落户时，沛县的上层人物听说领导的故交定居于此，纷纷前往祝贺，县令大宴宾客，客人的贺礼不满千钱就坐在堂下，红包过万则坐到贵宾席。村镇公安局局长刘邦虽然囊中羞涩，却不愿屈居人后，他一本正经地写了份拜帖，上书"贺仪一万钱"，意气风发走向贵宾席。

负责宴会财务的萧何与刘邦很熟，悄悄提醒吕公："此人一向爱说大话，不爱劳动，不踏实。"

刘邦旁若无人地端坐在首席，只见他谈笑风生，高鼻梁美须髯，看上去风度翩翩。饭后告别，吕公特意说："阁下面相贵不可言，我的大女儿也面貌端庄，我愿意把她嫁给你。"那时的刘邦，已经35岁却依旧未婚，能有一位实力雄厚的岳父，他大喜过望，20岁的吕雉，就这样被父亲嫁出了门。

以今天的理解，吕公看待刘邦，不像岳父看女婿，倒很像天使投资人面试创业者，刘邦非常具备创业者的潜质：强烈的欲望、军人的执行力和"柔软"的心。

欲望，或者说"梦想"吧，是创业者的原动力，因此他们看上去和芸芸众生如此不同，做着不切实际的梦，说着不着边际的话，可是，只有给欲望插上想象的翅膀才能走远。

执行力则确保梦想不是空想，再难的事、再大的任务都能有效分工，践行到位，不是纸上谈兵，嘴上宏图。

"柔软"的心实则是韧性，经得起挫败，既能在绝境中找到转机的钥匙，也具备聚拢人心的柔情。

但是，这些优点在婚姻里却没有什么作用，吕雉嫁给刘邦这样的男人，注定操劳。婚后，他一如既往地不参与家庭劳动，于是妻子下田劳作；他讲义气放走囚犯之后躲进芒砀山，妻子找到他躲藏的地方，送衣服送饭；他做大事不着家，妻子操持一家老小的衣食住行，稳固后方。

在这样的丧偶式婚姻中，吕雉独自抚养一儿一女，女儿是后来的鲁元公主，儿子是后来的汉惠帝刘盈。20岁的吕雉，充满妻子的柔情和操劳，甚至为了支持刘邦起义，吕氏宗族几乎全部参加了刘邦的队伍，跟随他转战南北。吕雉的哥哥吕泽和吕释之，都是能征善战的将领，在反秦和后来与项羽争夺天下的战争中立下汗马功劳。

而刘邦，怎样对待她和她的孩子呢？

战争胜负是常事，有一次刘邦战败，带着子女逃走，凶险时三次把一双儿女推下车，便于跑得更利索，所幸孩子们三次都被夏侯婴救了回来，为此，吕雉一生感激夏侯婴。

项羽俘虏了刘邦的父亲和吕雉作为人质，要挟刘邦投降。他面不改色地说："我们曾经结拜兄弟，我的父亲就是你的父亲。今天你架着汤锅准备煮他，那就分我一杯肉汤好了。"这段话确实有无奈和以退为进的成分，但作为结发夫妻，谁顾念过吕雉听到时的心情？

两年艰难的人质生活让她浴火重生，无所畏惧。

刘邦称帝后，匈奴的冒顿单于屡次侵犯边境。单于为人粗鲁野蛮，汉朝在军事上打不过，道义上更不可能说服对方，于是有人建议把吕雉唯一的女儿鲁元公主送去和亲，未来她的子女继承单于王位，能够归顺汉朝。刘邦非常赞同，吕雉却大哭，她太清楚女儿嫁到蛮荒的匈奴会是什么结局，她想尽一切办法，最终以宫女代替公主出嫁，才把女儿留在身边。

对于厚道的儿子刘盈，刘邦也没有倾注多少父爱；相反，他到处夸奖戚夫人生的小儿子刘如意，说那才是最像自己的孩子。

吕雉与丈夫共苦，却从未被眷顾，生死关头她向来都是被牺牲的对象。对于她，刘邦的确不是称职的丈夫，再强都不是她的依靠，她只能不断自强才能自保。

张爱玲曾说"你如果认识从前的我，也许你会原谅现在的我"，吕雉的残忍并不需要原谅，可是，了解她曾经的难，多少会心生体谅。

2

公元前202年，刘邦称帝，汉朝建立，吕雉成为皇后。

他把秦朝的郡县制和周朝的分封制合二为一，同时分封了同姓王和异姓王，但他对手握重兵的异姓王心有戒备，在位八年，民生经济交给了相国萧何，他自己的主要精力用于消灭异姓王，在这场关系到西汉王朝安危的斗争中，吕后是他的左膀右臂。

韩信被誉为汉朝建立的三大功臣之一，从军多年无一败绩的"战神"，在楚汉战争中灭魏、代、赵、燕、齐五国，又在垓下击败项羽，被刘邦封为楚王。

但是，为臣之道和带兵之道截然不同，为臣的重要策略之一就是收敛锋芒，最怕功高盖主，带兵的思路则是"赢"。在收和放之间，韩信没有找准点，他骄傲狂放，拙于交际，缺乏政治谋略，是刘邦的第一大心病。于是，刘邦设计将韩信骗到陈地，降为淮阴侯，囚禁在长安。

公元前197年，刘邦率军出外平叛，京师空虚，有人告发心怀怨愤的韩信准备发动京师的囚犯攻打长乐宫中的皇后和太子。韩信的家仆中有一人的哥哥被韩信抓起来准备杀掉，此人向相国萧何告发韩信谋反，由于事关重大，萧何连夜入宫汇报给皇后和太子，吕后当机立断，让萧何前往韩信府中，以刘邦凯旋的名义，要他入朝庆贺。

当韩信跟随萧何走入长乐宫时，却没有看见庆祝的人群，只有吕后高高地站在台基上，他被吕后下令于钟室处死。当年他在垓下击败不可一世的西楚霸王项羽时，或许怎样都想不到，自己叱咤风云的一生会结束在一个中年女人手中。

同年，刘邦向另外一位异姓王彭越征兵以平定叛乱，彭越拒不奉诏，刘邦大怒，逮捕彭越押到洛阳审问，审问完毕，彭越被废为庶人，流放蜀郡。

途中，彭越遇到了前往洛阳见刘邦的吕后，彭越向吕后哭诉自己的委屈，请吕后向刘邦求情，放他回家乡，于是吕后把彭越带回了洛阳。

可是，吕后并没有替他求情，她对刘邦说："彭越勇武天下皆知，愿意跟随他的人众多，如果这次纵虎归山，将来必定是祸害，不如处决，震慑其他异姓王。"刘邦同意后，由吕后下令诛杀彭越，诛灭三族，还把他的肉做成肉汤遍赐诸侯王，以儆效尤。

吕后在同一年连斩汉初两位名将，树立并稳固了权威，这时，她的另一个劲敌戚夫人，正从后宫杀向前朝。

3

吕后最被诟病的残忍，是把刘邦宠爱的戚夫人做成"人彘"，砍断她的手掌脚掌，挖去眼珠，熏耳致聋，灌下哑药，扔进茅厕。

吕雉起初并没有打算这样对待戚夫人，她们之间也从来不是感情之争，而是利益的生死较量；她们并不是情敌，而是势不两立的政敌。

戚夫人是中国封建社会第一位有记载的才女，也是第一位女棋手，精于围棋。

她跟随刘邦时不满20岁，刘邦已经年过50岁。她擅长跳"翘袖折腰"舞，姿态曼妙，韵律优美，她还精通鼓瑟，深得音乐爱好者刘邦的喜欢，刘邦常常边听边随着节奏唱起来，可以想象，这是帝王残酷的军旅生活有效的舒缓剂。

正是刘邦晚年的溺爱，给了只有野心没有权谋的戚夫人不切实际的幻想，尽管她已经居住在最富丽堂皇的宫殿，享受着最锦衣玉食的生活，依旧希望向前再进一步，立自己的儿子赵王如意为太子。她在刘邦面前柔弱哭泣，感慨皇后绝不会放过她和如意，含沙射影地指责太子不是人君之选，而如意聪慧过人最像父亲。

男人到了晚年特别容易糊涂，娇妻、弱子都是软肋，刘邦在戚夫人的眼泪中柔化，第一次正式在朝堂上讨论废立太子。

汉朝的开国功臣们显然不愿国家因为继承人问题走入动荡，赵王如意年幼，治国之才表现在哪里？他如果成为皇帝，大权必然由戚夫人掌握，这个只会跳舞下棋的女人又会把国家带到哪儿呢？几乎所有朝臣众口一词反对废太子，刘邦暴跳如雷，老臣周昌据理力争，保全刘盈的法定继承人身份。朝议结束后，吕后当着众位大臣，跪在周昌面前，感谢他耿直护佑。

这次朝议后，吕后向戚夫人发出最后的警告，希望她遵守宗法，但戚夫人怎么可能放弃？

公元前195年，刘邦重伤不起，戚夫人拉着如意长跪苦求，刘邦含泪答应这次一定废掉太子，任何人劝阻都没用。他大开朝宴，希望借助轻松的氛围缓和废太子的沉重决定。可是，奇迹出现了，太子刘盈在母亲吕后和舅舅吕释之的帮助下，请到了天下四位最具名望的智者，他们年过八旬，须发皆白，气宇轩昂，却跟随在年轻的太子身后，以行为无声表达太子才是天下归心，即便皇帝也不可轻举妄动。

刘邦明白大势已去，招来戚夫人，无奈承认即便他愿意把皇位传给如意，朝臣也会群起攻之，国家经不起又一次动乱。

大汉的开国之君刘邦，最终着眼大局，舍弃了爱妾和幼子。

吕后，用自己的力量而不是眼泪帮助儿子保住皇位，维护了王朝的平静。

公元前195年，刘邦去世，太子刘盈即帝位。

吕后将戚夫人囚禁在永巷——宫中关押女性犯人的监狱，剪去头发，戴上镣铐，穿上囚犯的制服，做苦工舂米。此时，她的儿子刘如意被封为赵王，远在千里之外，戚夫人经常一边舂米一边悲歌："子为王，母为虏。终日舂薄暮，常与死为伍。相离三千里，当谁使告女？"

我的孩子啊，谁可以告诉你我艰难的处境，让你来救我呢？这首《舂歌》是一首三、五言杂句诗，和《垓下歌》《白头吟》这些千古绝唱齐名。

但是，戚夫人可曾想到，在项羽军营做了两年人质活下来的吕后，当年落魄时如何忍辱负重？何曾如同她这般大放悲声，出言不逊，惹祸上身？人生起落难免，逆境中修炼的是沉默、自保和积聚力量，并不是高声抱怨。

戚夫人的悲叹引起吕后的警惕，假如刘如意集合对中央不满的其他诸侯王反叛，汉朝又将面临一场皇室厮杀，这样的后患怎能不除？最终，她把戚夫人做成"人彘"，又斩草除根毒死了赵王如意，这成为她人性上最大的污点。

在皇后制度建立的源头，吕后用戚夫人惨痛的鲜血，矫正了后妃制度，树立了皇后的无上权威，保护封建社会嫡长子继承制，维护了社会的安定，这并非一个女人对另一个女人的复仇，而是政治制度的稳固。

即便如此，她也没有迁怒于戚氏家族，戚夫人的父亲戚鳃的爵位安稳传了七代。

刘邦的妃子并非只有戚夫人一位，他去世后，除了戚夫人之外的诸王之母都被允许到儿子的封地团聚生活。吕后在后宫嫔妃心目中的形象究竟怎样？

同样是刘邦儿子的汉文帝刘恒继位后，自己的生母薄氏成为太后，他提出母亲百年后与父亲刘邦合葬，这对一名原本是妃子的女人来说是莫大的尊荣，但是薄太后拒绝说："吕后才是先皇的正妻，我不能和她比。"她请儿子为自己另外修建陵墓。

假如吕后曾经像妒妇般虐待过薄太后等当年的妃嫔，她会被如此尊重吗？应该不会。

无论谁，都有立场决定的不得已。

4

本质上，吕雉与刘邦是同等量级的强人，他们成为夫妻既是幸运，也是不幸。幸运在于，这对夫妻档是配合默契的合伙人，汉初的朝臣认为"高祖与吕后共定天下"。不幸在于，这对搭档似乎很难体验真正的夫妻之情。

美国人际沟通专家莉尔·朗兹，在《如何让你爱的人爱上你》这本书中曾经解释："相似的个性和互补的需求"是伴侣相互吸引的重要原因。而刘邦和吕雉虽然性格相近，需求却同样相似，彼此智谋相当，吕雉给不了刘邦需要的"被崇拜感"，在聪明的枕边人眼里，他的才华不过如此；刘邦更满足不了吕雉心底"被关心"的女性需求，因为忙碌、懒得用心和戚夫人的介入，刘邦看上去很薄情寡义，这对夫妻更像同事，为谋天下而搭班子共同创业。

在只记录帝王生平的《史记》十二本纪中，司马迁甚至列了吕雉，作《吕太后本纪》，她是《史记》中唯一的女性，公允的司马迁给了她很高的评价：

"孝惠皇帝、高后在位时，百姓不再遭受战争的痛苦，官员实行无为而治的政策，不用严苛的政令，天下也很太平，不用严酷的刑罚，犯罪的人也很少，百姓勤于务农，经济发展富庶。"

她去世后，手握重权的吕氏家族三千多人被诛杀，大臣拥立刘邦的第四个儿子刘恒登基成为汉文帝，文帝深感太平盛世来之不易，便把平息"诸吕之乱"的正月十五定为与民同乐日，每到这天，家家张灯结彩，从那时起，正月十五便成了灯节，又叫元宵节。

　　吕后冷峭残酷，杀伐决断，却也运筹帷幄，能屈能伸。

　　她与丈夫同生共死，却几乎未有过夫妻的亲密、家庭的和乐，两千年前未央宫里皎洁的月光，何曾驱散过她心头的凄凉？

气场关键词：领导力

刘邦是成功的创业者，却绝不是合格的丈夫，当他的妻子，必须具备钢铁般的心脏。吕雉操持全家衣食住行，为丈夫稳固后方；被丈夫的敌人囚禁两年，艰难求生；部将谋反，她当机立断铲除叛乱。倘若没有钢铁侠一样的老婆做搭档，刘邦的创业道路会经历更多波折。

黑色"BOSS"气场是最硬核的气场，有人被它的颜色误导，认为BOSS的核心是"腹黑""城府深""凶残"这类贬义词，实际上，BOSS的内核是"领导力"这个中性词。

在管理学中，领导力（Leadership）指在管辖范围内充分运用人力和客观条件，以最小的成本办成所需的事情，提高整个团体工作效率的能力。

用这个标准再来看待吕雉，她以"智杀韩信"的政治首秀震惊朝野，对用兵如神的韩信不战而胜，让刘邦从此刮目相看，接纳她成为最高决策层成员，政治才华让人信服。

她作为第一夫人，早已成功转型为刘邦的政治助手，她组建核心团队，成员包括丞相萧何、谋臣张良、妹夫樊哙，以及哥哥吕泽和吕释之，他们掌握着从地方到中央的政权和军权。吕后对于宠爱之争并不在意，但废立太子是大事，这对自己、儿女和家族的前途生死攸关。

吕后是个现实主义者，很明白人弱的时候坏人最多，落魄时别人没有踩上一脚已经是义薄云天，所以，她一生要强；她同时也是政治家，在强势和妥协之间平衡，至少她在世时，还压得住阵脚。

她继承刘邦的事业，任命萧何、曹参、陈平为相国，促进大汉王朝持续发展，她还规定女子年满 15 岁必须出嫁，由此增加社会劳动力。她废除了秦朝的愚民政策，鼓励教育和文化，西汉的思想界出现了空前大解放，为文景时期的百家争鸣、学术繁荣奠定了基础。她拓宽长安城所有街道，修建了城墙和城门，让当时的长安成为和罗马并驾齐驱的世界级大都市。

当然，她也诛灭了一切觊觎皇位的威胁，手段非常残忍，但比起大规模的动乱和生灵涂炭，也算把和平的成本降到了最低。在她身上，领导力模型的六种能力非常清晰：

学习力，构成领导人超速的成长能力；

决策力，领导人对发展趋势的把握能力；

组织力，把正确的人放在正确的位置上；

教导力，带队育人的能力；

执行力，领导人自己的超常绩效；

感召力，引导人心所向的能力。

所以，黑色"BOSS"气场的底层结构不是宫斗，不是尔虞我诈，而是领导力的较量。就算不出生于两千多年前的汉朝，吕后在今天也是一位相当有成效的女 BOSS，或者女性创业者。

窦猗房：怎样赢到最后

1

朋友在大学教历史，跟我讲了个故事：

学校里一对70多岁的教授夫妻最近离异，两人结婚将近50年，男的教政治经济学，女的教生物学，最大的孩子已快当爷爷。得知二老婚变的消息，全校老师都很吃惊，因为他们看上去那么恩爱。

结果，教生物学的老太太幽默地说："我们结婚的时候，从来没想过人能活那么长，要和一个人相处50年甚至更久，真的太考验人了。如果只有20年，我们就凑合着忍了，可是，半个世纪的时间，爆发出越来越多的矛盾，积攒到后来，就忍不动了，人总得为自己活几年吧？"

教政治经济学的老爷爷也表示："恩格斯在《家庭、私有制和国家的起源》里讲，一夫一妻制不是以自然条件为基础，而是以经济条件为基础的，它绝不是个人性爱的结果，它是权衡利害的婚姻。我们到了这个年纪，早已不需要再掂量什么利弊，我愿意成全老伴，让她自由自在地生活。"

长寿的人，面对的未知更多。老人的智慧来自多走的路，在柳暗处徘徊着试探，颤巍着走到花明时，迷茫、犹豫、煎熬、忍耐逐渐释放为快意，需要多大的聪睿和从容。经历过悠久婚姻的酸甜苦辣，闯荡过漫长岁月的艰难险阻，能把弯路通通走直，这样的老人实在不简单，比如汉文帝的皇后窦猗房。

古代中国，在战争、劳役、自然灾害和生育风险下，人的平均寿命极低，秦汉时期不到22岁，即便医疗条件优越的帝王，寿命在70岁以上的，整个历史加起来也不过十多人。窦猗房在古稀的年纪安然长逝，更是经历过无数离乱坎坷。

公元前195年，汉高祖刘邦病逝，他的遗孀吕雉把宫中未曾被皇帝临幸过的宫女分赐给诸侯王，每王分得五人，窦猗房就在遣送之列。她是清河人，打算去家乡附近的赵国，便委托负责安置工作的宦官帮忙，可这位大意的宦官居然在阴差阳错中，把她分配去了远离家乡的代国，在交通落后的汉朝，窦猗房从此远走他乡，恼恨不已。

其实，赵国的三位诸侯王后来都死于非命，而她委屈前往代国，才真正是幸运的开始。生平的扭转，有时只在一念之差的瞬间。

作为吕太后亲赐的姬妾，窦猗房成为代王刘恒的妃子，那时刘恒只有十二岁，年少懵懂，年长三岁的窦猗房很快吸引了他的注意。少年之恋意兴蓬勃，公元前189年，十七岁的窦妃为十四岁的刘恒生下长女刘嫖；一年后，又生下长子刘启；两年后，次子刘武诞生。在远离权力纷争的代国，子女双全，丈夫仁厚，窦猗房的生活简单而美满。

巨大的机会鬼使神差一般袭来。刀光剑影的宫廷纷争让皇室伤亡惨重，皇位居然回落到刘邦还活着的最年长的儿子刘恒身上。刘恒和母亲薄氏一直贤名在外，原本生活在偏远地区与世无争的王子，突然成了皇位的最佳继承人，带着家眷前往长安继位，这就是汉文帝。

上天甚至急不可待地要将皇后的位置送给窦猗房。

文帝登基之前，原配的代王后和她所生的四个儿子先后去世，文帝于是立长子刘启为太子，他最尊敬的母亲薄太后在册立皇后的问题上态度鲜明："诸侯皆同姓，立太子母为皇后。"于是，以孝闻名的刘恒尊奉母命，在同年三月立母以子贵的窦猗房为皇后。

灰姑娘的童话，也不过如此吧，窦皇后看上去每一次都踩错了点，却每一次都匪夷所思地被命运庇佑到幸运之路。

2

皇后的荣衔笼罩整个家族，窦猗房的大女儿刘嫖被封为"馆陶长公主"，早逝的父母被追封为安成侯、安成夫人，连幼时贫困失散的哥哥窦长君、弟弟窦少君，也被文帝下令重金寻找，窦长君很快找到，窦少君却迟迟不见踪迹。

一天，有人自称窦少君入京接受审查，他说："幼年时，我和姐姐去采桑叶，我从树上摔下来，她担心不已。后来，姐姐应选入宫，料定此生难再见，于是，她替我洗完澡，喂好饭才依依不舍地离去。"

话音刚落，窦皇后泪流满面，上前与窦少君相认。文帝重赏兄弟二人田地房宅，迁居都城长安，特地挑选几位德高望重的老师陪同他们学习。耳濡目染下，窦氏兄弟始终谦逊温雅，从不炫耀权贵。

姐弟重逢的心愿也顺利实现，窦皇后的幸运指数在巅峰画出一道漂亮的曲线，之后，急转直下。太重大太容易的运气，往往透支人的命数，就像月满则亏水满则溢。

29岁，窦皇后在一场大病中双目失明。

一个失明的皇后，意味着什么呢？意味着余生她将与黑暗为伍，再也看不到孩子的面容，认不出兄弟的样貌，见不得丈夫的仪容，别人的关心与嫌弃，她只能用心体会，用脑琢磨，用情试探。作为帝王，文帝身边从不缺少善解人意的新鲜女子，他很快远离了皇后的椒房殿，慎夫人和尹姬取代窦皇后，成为文帝新的爱人。

色衰则爱弛，爱弛则恩绝，同时失去健康和丈夫的眷顾，对皇后是灭顶之灾。假如她就此颓丧，她的子女将失去依靠，刚刚团聚的窦氏家族随时面临危险，此时，她更加想起吕雉当年失宠的艰辛和后来的崛起，来不及消沉，窦猗房便开始为自己和亲人谋求坚实的保障。

她不似吕后那样霸气外露、舍我其谁，却有嗓子眼里吞刀子的绵里藏针。

她在心里为自己进行了SWOT分析（态势分析），明确面临的优势、劣势、外部的机会和威胁，系统盘点手中的牌面，又稳又准地主动出击。

丈夫刘恒的仁厚，是她得以保全皇后位置的基础。

文帝是最不被刘邦重视的儿子，他的母亲也是当年最与世无争的妃嫔，母子性格温和，在宫廷中毫不出挑，十来岁时，刘恒被封到代国，远离权力中心。幼年被忽视的经历让他处事低调沉稳，对人情冷暖体会深刻也让他成为相对善良的君主。刘恒对遭遇坎坷的人抱有同情，妻子患病失明虽然减损了他的爱情，但依旧维持着深厚的亲情，窦猗房参与着他的生活却丝毫不干涉，得体的分寸延续着亲情的绵密。

婆婆的支持，是窦猗房的后盾。

在以孝治国的汉朝，薄太后作为文帝相依为命的母亲，对他影响深远，尤其文帝事母至孝。窦猗房简朴务实，原本已很受薄太后赞许，被婆婆钦点为皇后。出于巩固婆媳关系的目的，她顺从太后把侄孙女嫁给太子刘启的要求。皇后的窦氏家族与太后的薄氏家族再次联姻，满足了太后坚实薄氏外戚势力的愿望。于是，她的皇后地位受到太后和薄氏家族鼎力加持。基于这个原因，太子刘启尽管和妻子感情淡薄，却一直以礼相待，太后的侄孙女小薄氏居太子正妃之位十几年。

婆媳之间纵横交错的利益关系，构成了严密的共同体。

优秀的子女，是窦猗房的王牌。

儿子是她成为皇后理直气壮的底气，她比前朝吕雉幸运。吕雉的儿子刘盈太弱，不得父亲喜欢；而她的儿子——太子刘启才华出众，是文帝最欣赏的儿子。窦皇后极其重视子女教育，她竭尽全力对太子传授自己的教训和经验，培养长子成为人人称颂的皇位接班人。

她的女儿刘嫖和次子刘武同样聪慧过人。刘武受封梁王，拥有从今天的河南到山东和安徽一带四十多个城市的土地，是实力雄厚的大型诸侯国；刘嫖则是汉朝第一位"长公主"，长公主通常是皇帝嫡女，或者有功的皇女、皇姊妹与皇姑，得宠的长公主位高于一般嫔妃，尤其馆陶长公主还嫁给开国功臣陈婴的孙子陈午，世袭侯爵。

子女以婚姻和领地开枝散叶，守护母亲的身份。

妥善驾驭后宫嫔妃，是窦猗房的本事。

文帝最喜欢的慎夫人出身名门，是黄老学派代表人物之一慎到的后人。慎到将法家思想引入道家，主张"守法无为"，在遵守国家法律的基础上无为而治，这也是文帝的治国策略。所以，慎夫人和文帝思想共鸣，深受宠爱和尊敬，获得特许与皇后同席而坐。

这是一个危险的信号，给了宠妃僭越的企图。汉朝等级森严，皇后和妃嫔犹如皇帝和臣子，怎么可以平起平坐？如日中天的慎夫人于自得中毫不谦让地入座，眼盲却心如明镜的窦皇后当场沉默，没有直接让文帝难堪。在不久之后的一次宴游中，文帝再次让慎夫人和皇后同坐时，中郎将袁盎命令内侍把慎夫人的座位撤至下席。慎夫人大怒，不肯入座，文帝也觉得颜面扫地，陪同慎夫人离席。

袁盎在文帝怒气平息后进谏："自古尊卑有序，如果您真的宠爱慎夫人，就不要害了她，当初戚夫人就是对吕后诸多不敬才惹来'人彘'之祸。""人彘"的血腥结局让文帝顿悟，赏赐袁盎五十斤黄金，并把他的劝谏转告慎夫人。文帝的自律有效约束了宠妃，后宫嫔妃从此不敢心存非分之想。

高明的是，从头至尾窦皇后都没有直接出面，假他人之手解决了难题，还获得贤良的声誉。

得力的亲眷，是窦猗房的心腹。

她的弟弟窦少君机警贤能，驰名朝堂，文帝打算任命他为丞相，这貌似巩固窦氏势力的好时机，但窦皇后坚决拒绝。她看得更长远，宁愿给外戚富贵的生活，绝不授予过多权力，外戚参政既不利于国家发展，也把自己推向危险的境地，前朝吕氏灭门的教训必须谨记。

窦猗房的行为给后世历朝的优秀皇后们树立了榜样，纷纷效法她限制外戚干政，维护朝堂稳定。窦少君虽然没有做丞相，却是文帝的私人顾问，积极为国家发展出谋划策。

窦氏姐弟的端良品行赢得满朝文武赞誉，亲属是窦皇后的加分项，而不是绊脚石。

<h1 style="text-align:center">3</h1>

汉文帝在位23年，不断减免赋税减轻刑罚，推动农业持续稳定发展，引导节俭平和的社会风气。窦皇后是丈夫的左膀右臂，管理后宫仁爱宽厚，积极学习"无为而治"的黄老思想。

窦猗房与文帝，经历风华正茂的少年情怀、情投意合的青年时光和相濡以沫的中年慰藉，在文帝生命的最后时刻，后来者慎夫人和尹姬已然离世，所有子女中也只剩皇后所生的刘启、刘武和刘嫖依旧在世，文帝握紧妻子的手，将母亲薄太后、孩子和汉朝的天下委托给她，犹如当初汉高祖叮咛吕后。从此，窦猗房更需摒弃女性固有的敏感脆弱，以实力、眼界和胸怀接过这片江山。

她在公元前179年成为皇后，两年后就由于失明而丧失帝王的爱情，却在长达20年的时间里以清醒和坚忍与丈夫共治天下。

意外失明的窦猗房，硬是把岌岌可危的踩钢丝，活成了脚踏实地的走平路。

送走丈夫，窦猗房开始辅佐儿子汉景帝刘启治理国家。

窦太后在和平时休养生息，动乱时却毫不手软。地方诸侯王割据极其威胁中央皇权，不利于国家统一。公元前154年，在吴王刘濞的撺掇下，七个诸侯王集体发动叛乱，她一改以往限制外戚的做法，推荐曾经当面顶撞过自己的侄子窦婴，联合小儿子梁王刘武、太尉周亚夫一举平定叛乱。

梁王刘武对母亲非常孝顺，经常待在长安侍奉窦太后，在稳定汉家天下的"七国之乱"中，刘武是哥哥最强有力的支持者，甚至哥哥景帝曾公开表示要将皇位传给弟弟。偏爱小儿子的窦猗房喜出望外，但是朝中大臣坚决反对，他们认为兄长传位给弟弟，会造成下一代接班人，即兄弟二人各自子女的争权夺利，威胁王朝安全。

反复挣扎后，窦太后不再固执己见，支持立景帝的儿子为太子。

公元前141年，汉景帝去世，汉武帝刘彻继位，窦猗房继续辅佐孙子。汉朝经过高祖、吕后、文帝、景帝的励精图治，逐渐富裕强大，社会风气在老子清静无为的思想下崇尚节俭与礼让，而汉武帝却不是个"佛系青年"，他热衷于开疆拓土、建功立业。

虽然祖孙二人政治主张完全不同，汉武帝依旧感谢祖母在他执政之初稳定政权。武帝宠爱歌女出身的卫子夫，直接导致窦猗房的外孙女陈阿娇皇后失宠，但太皇太后未有苛责举动，她默许了孙子的爱情。

公元前135年，窦猗房在长乐宫安详去世，她是汉朝最长寿的皇后之一，影响整整三代帝王，伴随皇室安度两场叛乱。

她不是天生强大的女人，但她清醒地知道，无常才是日常，剧情随时反转，为你挡风遮雨的人转眼间就可能变成暴风雨的源头。

参透"无常"，把稳"日常"，既豁达争取，也不强求硬挣，才是相对均衡的状态。

她像燕子衔泥一样稳扎稳打，在烂泥地里也能妥妥当当筑起一个根据地。

气场关键词：反脆弱

"反脆弱"是美国学者纳西姆·尼古拉斯·塔勒布提出的观点，塔勒布以《黑天鹅》《随机漫步的傻瓜》《反脆弱》等书籍成为当代最伟大的思想者之一。

世界并不稳固，天灾人祸、生老病死时刻都在发生，但是很多事物也会受益于压力、混乱、波动和不确定。而黑色"BOSS"气场，是面对极端无常环境却总有解决问题的办法，像窦猗房一样寻找方法提高自己的"反脆弱"能力。

1. 过度补偿

应对危机和不确定性，用过度补偿的方式避开风险增强自己的能力，注射疫苗是最典型的例子，它的原理是让身体先少量感染病毒，以此增强免疫力，抵御更严重的疾病。

窦猗房的失明当然是不幸的，甚至是人为无法预测和阻挡的噩运，但是沉浸在悲戚中毫无意义，"杀不死我的，使我更强大"，她借助这个负面事件锻炼了自己的承受力，在面对更艰险的问题时才能处事不慌，降低损伤。

2. 杠铃策略

学会多手准备，合理分配时间、精力和资源，在杠铃的两头都有储备，避免满盘皆输的局面。这要求我们具备全局思考的能力，不盲目自信，也不贸然行事。

犹如窦猗房失明后非常清晰地把周围关系做了划分，她用不同策略与丈夫、婆婆、子女、亲戚和其他妃嫔相处，对待任何一段关系她都没有孤注一掷，而是相对均衡地用力。

处境艰难时有人选择背水一战，赢了便东山再起，输了便彻底沦陷。但是，绝大多数问题都无法一局定胜负，当艰难成为常态，则必须做好打持久战的准备，鸡蛋不放在同一个篮子里，再危险也不冲动，因为持久战的核心在于：活得最长，熬得最久。

就像冯仑说的："伟大是熬出来的。"

"BOSS"气场除了拼出来，也是熬出来的。

述律平：什么是真正的狠角色

1

即便在优秀的开国皇后中，述律平也是非常特别的一个，几乎没有女人比她更能征善战。

她小字月理朵，"平"是后来官方的大名，她是辽太祖耶律阿保机唯一的皇后，有人说她"文能安邦富国，武能克敌制胜"，是女中豪杰；也有人说她摄政之后大开杀戒，过于血腥。

怎样的女人，会引起这样两极分化的评价？

通常，史官想给皇后加戏，往往形容她出生时霞光万丈、天生凤命，附带贤良淑德、温柔可亲，《辽史》却直接评价述律平"简重果断，有雄略"。

这哪里像给女人的评语，简直是在形容一个男人。

公元916年，辽太祖阿保机建立契丹国，947年改国号为"辽"。这个存续了210年的王朝，国土面积后来发展到489万平方千米，同时代的北宋是460万平方千米。从北宋建国，到与辽朝签订澶渊之盟休战，两个王朝整整打了40多年仗，契丹的实力可见一斑。

以游牧为主的生产方式，让契丹女性具备和男人平等的社会地位，无论男女都骁勇善战，述律平在这样的环境中长大，首先习得了一身好功夫。

她出身高贵，与耶律阿保机是姑表兄妹，她父亲所在的家族本身势力和耶律家族不相上下，述律平之后辽代的十几位皇后，除了一位之外，其余都出自她的家族，她和阿保机，既青梅竹马，又旗鼓相当。

14岁的述律平嫁给20岁的阿保机，其中还有一段典故：当时，阿保机的威名传遍各部落，述律平希望自己也有不弱于他的光环，于是创作了一段歌谣在部落中传唱："青牛妪，曾避路。"

那驾着青牛、无所不能的地祇神女，也要为我让路啊。

这样的神奇女侠，阿保机当然求之不得。述律平在结婚前给自己做了一场漂亮的公关宣传，风光嫁给表哥阿保机，成为他一生的左膀右臂。她以不输于丈夫的政治和军事才华，和他共同创业，建立了统一而强大的契丹王朝。

述律平不仅经常与丈夫商量军国大事，甚至拥有自己的武装力量。

还是部落首领的阿保机，想扩大由自己亲信统率的侍卫队，这样一个明显军事扩张的企图遭到其他部落首领一致反对。如果是其他人，军备扩张的想法必然搁浅，但他的妻子是述律平，和他一样能弯弓射大雕的女人，夫妻俩采取了迂回的方法，以保护各部落首领家属的名义，组建了由述律平带队的两万人"属珊军"。

被一个女人统领，并且是在男人出征时保卫家属，这个建议看上去柔和多了，其他部落没有再反对，于是，述律平就成了名副其实的"女将军"。

实质上的军权带给了述律平足够的话语权，甚至包括了平息叛乱的功绩。

2

打天下时，阿保机外出征战，述律平留守部族。

有一次，叛军趁阿保机远征，后方兵力不多，突然围攻他的行宫，敌强我弱，形势险峻，阿保机却来不及掉头救援妻子，大多数留守的部下准备投降。在对待俘虏杀戮成风的契丹，投降果真能保命？当年的述律平和今天的我们内心都不相信，但人的心态在强敌压境前濒临崩溃，低落的士气对述律平异常不利。

述律平在大帐中召集所有将领，命令："所有主张投降的领军，请向前一步。"

众人觉得法不责众，纷纷出列。

她冷笑开口："杀无赦。"

动摇军心的将领全部被处死，述律平带着精锐的"属珊军"驻守黑山，沉着应战，最终夺回象征权力的"可汗旗鼓"，击退了叛军的围攻。

这样的事情发生了不止一次，《辽史·后妃传》还记载："太祖尝渡碛击党项，黄头、臭泊二室韦乘虚袭之；后知，勒兵以待，奋击，大破之，名震诸夷。"

多次带兵打胜仗，但述律平并不是只懂交战的莽撞女子，不战而屈人之兵，她同样擅长，而且，由于更懂得丈夫，她的话总能说到阿保机心坎上。

汉族使节韩延徽第一次见阿保机，不肯行跪拜大礼，阿保机大怒，将他扣留下来，发配到边远地区牧马。述律平却明白，虽然契丹军事力量强大，但统治国家还需要"文治"与"武略"齐头并进，于是她劝说阿保机：

"韩延徽坚持操守不屈不挠，是位贤士，为什么要他去放马，让他遭受窘迫和侮辱呢？这样做，别人都会说你苛刻残暴，不如善待礼遇他，吸引更多贤能，共同为契丹效力。"

阿保机很能听进去妻子这段站在国家和帝王本人角度的劝谏，立即召回韩延徽重用，后来韩延徽成为契丹的开国功臣，他提出"胡汉分治"，改变完全依赖牧业的经济格局，为契丹的发展做出了重要贡献。

在军事上，述律平以女性特有的敏锐劝说阿保机不要扩张太快，反对立即向南进攻幽燕汉地，她问："树没有皮能活吗？"

阿保机说："不能。"

她接着说："幽州有土地有守民，就像这棵树一样，我们去打不要紧，但长治久安却是个大问题，而且万一输了，敌人耻笑，部落民心也动摇了。"

这一次，被连续的胜利蒙蔽住的阿保机没有听从妻子的建议，坚持出征，导致两次南下全部失败。

吃一堑长一智，阿保机从此对妻子更加刮目相看。在述律平的策划下，他改变战略，不再和中原死磕，先从其他薄弱地区打起，向西平定势力较小的突厥、吐浑、党项、沙陀诸部，之后，再把触角伸向富庶的东方，攻下渤海国，相当于今天的中国东北地区、朝鲜半岛东北和俄罗斯东部的一部分。

这对夫妻并肩作战，统一北方各族，建立了幅员辽阔的辽王朝，也为中国日后的统一做出了贡献。至今，俄语"中国"的发音，依然是"契丹"。

3

公元916年，契丹真正建国，阿保机称自己为"大圣大明天皇帝"，册封述律平为"应天大明地皇后"，阿保机本人以汉高祖刘邦自居，把述律平比作第一功臣汉相萧何，赐萧姓为述律家族的姓氏，定萧家为皇后世家，共享富贵。

原来的述律家族，后来全部改姓萧氏，固定成为出产皇后的家族，述律平赢得了历史上绝无仅有的来自皇帝的信任和倚赖。

但她有时比丈夫更狠辣决绝。

在对待俘虏与难民的问题上，阿保机打算全部赦免，大力发展农业，但述律平认为，必须分类管理：臣服的留下，从奴隶做起，表现得好可以当上平民；反抗的，坚决要像秋风扫落叶一样清除。

公元926年9月6日，阿保机在征服渤海归来的途中病逝，距离都城上京路途遥远，这是一段极其危险的时期，谁会是下一任皇帝？文武群臣能否协助政权顺利过渡？述律平稳得住政局吗？

一切都是未知数。

述律平重兵在握，立刻开始为接手政权做准备，排除异己毫不手软。她召见部落酋长和将军的夫人们，说："你们看，我现在是个寡妇了，作为好姐妹，我们难道不应该有难同当吗？你们怎么能有丈夫呢？"夫人们对这句话错愕不已。

在百余名将领回朝之后，述律平哭着问："先帝去世，我非常思念他，你们呢？"将领们面对伤心的主母，都表示非常怀念先帝，于是，述律平才吐露真正的意图："好，那你们去陪陪先帝吧。"

一切发生得太突然，百员大将全被拉去殉葬，这次打着殉葬旗号的铲除异己、巩固政权代价昂贵，连唐朝鼎盛时期的天可汗李世民，也只是让功臣们在去世之后陪伴自己一同葬在昭陵，而不是活着时殉葬。

此后，每当述律平认为某位大臣不够顺从，就对他说："我思念先皇，请你给我带个信吧。"这个人立即被殉葬。

在阿保机的葬礼上，述律平又选择了一位"送信人"。原来的平州刺史赵思温是投靠契丹的汉臣，在阿保机讨伐渤海国的战役中，赵思温战斗勇猛，身负重伤，阿保机曾亲自为他调药，当述律平要让他也去"给先帝传话"时，赵思温却不肯就范。

述律平质问："你是先帝亲近的人，有什么理由不去？"

赵思温从容回答："若论亲近，谁也比不上皇后，皇后如果去，臣一定跟随。"

述律平一时语塞，停顿后才说："王子们幼弱，国家不能无主，所以我暂时不能去。"

那时，她的长子已经28岁，"幼弱"的借口实在放不上台面，面子却被顶了上去，这位剽悍的皇后的举动空前绝后——她拔出金刀，砍下自己的右手，面不改色地命人将这只手送到阿保机棺内代自己"从殉"。

群臣目瞪口呆，从此，满朝文武对她极其畏惧，不敢有半点违抗，一个对自己下得了这样狠手的皇后，还有什么事她不敢做呢？

意外的是，述律平竟然没有杀赵思温，或许从骨子里，她欣赏血性忠贞的人。

她停止了这场大规模屠杀，却无法挽回自己在史书中留下的"残暴"恶名。

4

回顾述律平的前半生，她并不只有匹夫之勇和血腥的蛮力，她知道不能冒进南下，也懂得善待知识分子，究竟什么原因促使她大开杀戒？

是几乎每一代帝王都要揪心的皇位继承问题。

述律平不喜欢长子耶律倍，觉得他过于"性好读书，不喜射猎"，过度仰慕中原文化。虽然耶律倍已经按照嫡长子继承皇位的惯例被立为皇太子，但好武尚勇的述律平更青睐次子耶律德光：这个儿子南征北战豪气冲天，担任兵马大元帅，有足够的军事实力开疆拓土，在母亲心里，他更适合成为契丹的最高统治者。

为此，述律平疯狂而坚决地铲除了所有可能威胁次子登基的势力，却在公开场合假意维持公平竞争。

公元927年的一天，她把两个儿子和所有大臣请到帐前，说："两个儿子我都爱，不知道立谁当皇帝更合适。大家认可谁，就上前牵起他的马缰绳。"

支持长子的大臣几乎已经被杀光，其余大臣想起先帝葬礼上举刀断腕的场景，谁敢违逆述律平真正的意图？谁能不知道她究竟希望哪个儿子继承皇位？

群臣抢着去牵耶律德光的缰绳，耶律德光如愿以偿继承皇位，成为王朝的第二位皇帝。

事已至此，长子耶律倍心灰意冷，他没有兵权，也没有支持自己的大臣，还被母亲和弟弟百般防备，他吟出一首诗："小山压大山，大山全无力。羞见故乡人，从此投外国。"

他永远地离开了契丹故土，最终客死他乡。

述律平得知长子去世的消息，多日闭门不出。几天后，她召见耶律德光，让他放过耶律倍的儿子耶律阮，不要再对兄长的后人赶尽杀绝。这是述律平为数不多心软的时候，也是一位母亲在政权和亲情之间的艰难挣扎。

20年后的公元947年，耶律德光去世，仿佛历史的轮回，这一次杀回来的，是述律平当年放过的孙子耶律阮。他向祖母讨还欠自己父亲的皇位，在一批大臣的支持下自立为皇帝。

可以想象，消息传回来，述律平怎样地震怒。她一辈子没有失败过，已经69岁的老太后再次披挂上阵，这一次，她支持小儿子耶律李胡开拔军队迎战孙子，夺回帝位。

可惜，双方一交手，不学无术的小儿子大败而归，双方整顿力量准备决战，一触即发的战争给百姓和国运带来的灾难不可估量。

契丹皇族为了长远的利益，劝说述律平："还是议和吧，都是你的骨肉，谁当皇帝不一样呢？"

所有人都担心固执的老太后一口回绝，出人意料地，她答应了议和，要求孙子保证自己和小儿子的安全后，述律平交出了政权。或许她终于在暮年，尝到了人生"我做不到"的边界和无力。

耶律阮给了祖母最优厚的待遇，让她颐养天年。

公元953年，75岁的述律平悄然去世，与丈夫阿保机合葬，谥号贞烈皇后。

气场关键词：马斯洛需求层次

述律平身上能量满格的"黑色 BOSS 气场"，无须多解释，也感受得到扑面而来的"狠劲"。唯一难解的大约是，为什么"人狠话不多"的述律平，到了晚年却妥协了？

复盘一下局面：交战双方，一边是她的小儿子，一边是她的孙子。她支持小儿子，但是小儿子吃了败仗，于是摆在面前的无非两条路——反击或议和。

当时述律平已经 69 岁，再狠辣的老太太，在接近古稀之年也无力亲自带兵出阵，这是生理条件的限制，她其实明白，自己体力不支，儿子才华不够，反击这条路走不通。而人到暮年，最需要什么呢？

健康和安宁，而非你死我活的权力斗争，这是生理需求的趋向，所以她选择了议和。议和当然要讲条件，老太太心里明镜一样，她交出了政权，换得小儿子的安全和自己晚年的平静。

述律平盛年时，杀伐果决往不利，恨她的人不算少，就是这么个狠角色，在人生的最后的时光却回归平静。当惯了 BOSS 的人，懂退让能善终的人不多，她的智慧在于审时度势，在每个时期都根据自己所处的需要层面决定行动方向。

美国心理学家亚伯拉罕·马斯洛在 1943 年提出了著名的"马斯洛需求层次理论"。他把人类的需求像阶梯一样从低到高按层次分为了五种，分别是：生理需求、安全需求、社交需求、尊重需求和自我实现需求。

生理需求级别最基础，比如：食物、水、健康。

安全需求则包括：人身安全、生活稳定以及免遭痛苦、威胁或疾病等。

社交需求属于较高层次的需求，包括对友谊、爱情以及隶属关系的需求。

尊重需求更高一些，类似成就、名声、地位和晋升机会等，既包括对成就或自我价值的个人感觉，也包括他人对自己的认可和尊重。

自我实现需求处于最高层次，包括对真善美和至高人生境界的追求。

述律平出身高贵，家族势力强大，生理需求和安全需求并不匮乏。嫁给耶律阿保机之后，和丈夫共同建立了契丹王朝，甚至拥有了属于自己的武装力量，这时的她，满足了社交需求和一部分尊重需求。她其后的人生，都在追寻尊重需求和自我实现需求。

但是，马斯洛的五种需求按照层次逐级递升，次序却不完全固定，会随着人年龄和境遇的变化而调整，述律平晚年的妥协就是如此，她的需求已从自我实现回归到了最初的生理和安全需求。

黑色的"BOSS"气场不是法力无边、事事要强，游牧民族的战争原本要比中原王朝更血腥，她的杀戮举措，既是扩张的需要，也是为了自保，假如落败的是她，对手也绝不会悲悯她。但她始终明白，在什么阶段做什么事，能力足时掌权，能力弱时放权。

述律平在人生的最后一道选择题上，交出了相对从容的答案。

第二章
红色 "C 位" 气场

C 代表着英文单词 Central，C 位就是中心位置、重要位置，我们日常所说的"气场全开"大多都是红色气场。

它蕴含着强烈的能量、热情的性格、开放的心态，它的生命力满格，可是也有鲁莽、强硬和暴躁的一面，甚至还有点"雷声大雨点小"的虚无。

总有一些场合要求你来当主角从而掌控全场，比如演讲、汇报总结、带领团队、或者在婚礼中你是新娘，在聚会中你是主人，每位女性都有需要"C 位"气场来掌控全场的时候。打造"C 位"气场有助于提升内在的自信和活力，也有助于加强外在的仪态，对人际关系和职场发展帮助很大，让人变得既亮眼又不哗众取宠。

郭女王：她凭什么拥有最多

1

由于情敌而闻名的女子，通常声誉不佳，比如郭女王。

她本是魏文帝曹丕唯一册封的皇后，却在传闻里因逼死了《洛神赋》女主角甄洛，而被声讨了1000多年。传说中，狠毒的郭女王为了争宠，离间曹丕和甄洛的爱情，导致甄洛被赐死，以发覆面，以糠塞口，潦草埋葬。15年后，东窗事发，甄洛的儿子曹叡为母报仇，赐死郭女王，同样"被发覆面，以糠塞口"。

像不像三国版《王子复仇记》？特别解气的结局，往往都不真实，大多是后来人为了泄愤的杜撰，实在不必因为一个女人的优秀，而否定另外一个女人的出色。

郭女王，就是那个极其出色的女子。

为什么没有穿越剧愿意回到三国？因为那时候战争和饥荒双管齐下，制造出一个真正的乱世，活着都是难事，谁想着去恋爱呢？三国初年，全国总人口大约2300万，只相当于东汉人口峰值的约40%，老百姓"人民相食"，人吃人。

那个时代的姑娘，怎么会好过？三国末期，社会相对稳定，依然有一条非常奇葩的诏令：

军户出身的女子，已经嫁给非军户人家的，强行离散，重新分配给战士做妻子；假如不愿意，也可以用年纪、美貌程度差不多的女人来代替她嫁给军户。

这看上去是保护军婚，保持军队的生育能力，其实漏洞巨大：漂亮的女人会被长官自留，甚至送到宫廷讨好皇帝，剩余的才会真正分配给战士。

此外，一个女人无论是娘家犯罪还是夫家犯罪，都得"连坐"，难逃一死。

活在三国，实在太不容易。

郭女王就出生在最混乱动荡的公元184年，赶上黄巾起义。她的父亲郭永，官至南郡太守。南郡是三国时军事重镇，兵家必争，后来的南郡太守有周瑜、吕蒙、诸葛瑾，都是名人。母亲董氏，生有三子两女。她是家里的小女儿，很得宠。父亲很早察觉她特别有自己的想法，与普通女孩不一样，夸赞说："这是我家里的女中王啊！"于是，亲自用"女王"作为女儿的字，史书没有明确记载她的大名，传说叫"郭照"。

战乱中，年幼的郭女王失去父母，流离飘零。

史书在这个阶段断了，没提她经历了什么事，遇到过哪些人。她再次出现时，已经被贵族"铜鞮侯"献给曹丕。那年，她29岁，被26岁的曹丕纳为妾，当时她既是大龄女青年，与曹丕又是姐弟恋。

曹丕的形象多年来随着"七步诗""洛神故事"的流传，被扭曲成暴戾残忍的阴谋家。可是，文如其人，假如读过他的诗文，不难理解他细腻又自卑的另一面。

2

作为曹操的儿子，生活本该如众星捧月，但曹丕的成长环境远非如此。

第一，曹丕生母卞夫人出身并不显贵。他虽然是曹操与卞夫人的长子，却并不是曹操25个儿子中的长子。按照立长为嫡的封建制度，他的身份始终得不到曹操的重视。

第二，曹家有才华的儿子太多。随便一个生在别人家都是人中龙凤，可是，优秀扎了堆，就变成残酷竞争。曹丕的大哥曹昂，聪明谦和，大受曹操喜爱，20岁就被举为孝廉；他的弟弟曹彰，武艺出众，能徒手搏斗猛兽，自小立志为大将；他的另一个弟弟曹植，天赋文采，是建安时期最负盛名的作家；幼弟曹冲，五六岁就流传出"曹冲称象"的佳话，是曹操的最爱。

在这么多优秀的孩子中，曹丕能得到父亲几分关注？甚至曹冲早逝，曹丕安慰父亲，曹操脱口而出："这是我的不幸，却是你们的大幸！"可以想象他遭遇了何等的尴尬和委屈，真心的劝慰在父亲眼里成了幸灾乐祸，激烈的家庭竞争使他自卑、不甘和狭隘，也同时学会了隐忍和谋划。

郭女王与曹丕恰好在这个时间相遇。

爱情中男人最渴望的，未必是美貌和性，两情缱绻的关键是志趣相投，尤其曹丕这样缺少爱又渴望爱，自惭却很细腻的男人，他的恋爱模式几乎都是"姐弟恋"——甄洛比他大六岁，郭女王比他大三岁。

与甄洛辞文熠熠的女文青气质完全不同，29岁历经战乱的郭女王英气飒爽，她从来就不是个小女人，教育良好、心思缜密、成熟懂事，都是她与众不同的优点。此时的曹丕，野心勃勃，正忙于夺嫡之争，早已不是情窦初开的年纪，他更需要在事业上助他一臂之力、出谋划策、补缺补漏的助手。

郭女王刚好就是这样的女人，她以才智谋略为曹丕献计献策，亲手为丈夫的夺嫡之路劈波斩浪，扫清障碍，因此得到了独一无二的宠爱和信任。

公元220年，东汉献帝禅位给曹丕，魏朝建立，郭女王被封为夫人。

为了让她在后宫中地位非凡，曹丕首次设置了"贵嫔"的封号，郭女王是中国历史上第一位"贵嫔"，这是仅次于皇后的尊位。由于曹丕没有皇后，郭女王的实际地位已经是六宫之首。

随后，曹丕赏赐授拜曹氏宗亲九族，甚至把郭贵嫔的亲属一并列入了封赏名单。郭女王的外甥孟康因此擢升为散骑侍郎，相当于皇帝的顾问，原本只有学识渊博的文人儒士才能入选，孟康则是因为郭贵嫔的亲戚关系才得以充任。

3

曹丕对郭女王的偏爱，更在于他力排众议，坚决册封她为皇后。

公元222年，曹丕提出册封当时已经是贵嫔的郭女王为皇后，这等于立妾为后，不合礼制，朝堂中一片反对声。有大臣上书说："册立皇后决定着王朝兴衰存亡，必须合乎礼法，绝不能让妾成为正统的妻子。可如今宫中这位宠妃，常常借着皇上的恩情而僭越，礼仪直逼天子。如果陛下因贪恋情爱而立她为皇后，使身份微贱的人骤然显贵，难免让人担心上下失序，祸乱横生。"

他还毫不留情面地把郭女王比作魅惑商纣王的妲己和导致夏桀亡国的妹喜，态度既坚决又强硬，让曹丕进退两难，很跌面子。

此时，郭女王该怎么办？要不要继续软硬兼施，强求曹丕册立自己当皇后？

没有。她聪明地以退为进，给丈夫找台阶下，也非常诚恳地上书："我的确没有上古圣君舜帝的皇后娥皇、女英那样崇高的节操，也不具备高贵的齐国姜氏、任氏那样的品德，的确不适合当皇后。"

她的表现，缓解了曹丕与大臣的冲突，以"识大体，顾大局"的形象赢得好评，不但没有中断自己的皇后之路，反而加快了这个进程。当年的九月初九重阳节，曹丕力排众议，册封郭女王为皇后，那一年，她36岁，已经陪伴了枕边人七年。

乍见之欢的爱情，是卿卿我我；

久处不厌的婚姻，则是我越来越离不开你。

郭皇后过人的智商情商，以身作则的言谈举止，的确对得住魏文帝曹丕的信任。汉朝曾经发生过几次后宫专政的动乱，之后的帝王都担心外戚势力太大而戒备不已，郭皇后以非凡的政治才华看透皇帝的担忧，她时常告诫堂兄郭表、外甥孟武等人："汉朝皇后的家族，很少能保全，都因为骄横奢侈，贪心过大，你们必须谨慎！"

除了口头警示，郭皇后在规范自己亲戚行为方面更加严厉。公元225年，曹丕第二次督师东征，郭皇后留在故乡谯县的行宫，她的堂兄郭表留守在行宫负责警卫，想要堵水捉鱼，被她训斥："应该让河水为漕运服务，怎么可以截断呢？现在木材奇缺，连造车都不够，怎能用来阻水捕鱼？"

郭女王即便行使皇后的权力，也是站在国家立场，而不是为自己家族谋取私利。

她的外甥孟武还乡后要求娶小妾，被她呵斥，并配合当时的朝廷政策下达诏令：

"当今由于战乱，妇女人口少，应该尽可能地把她们许配给前方将士为妻，有权势的人家不能聘娶为妾。无论是谁，在这件事上都应该遵守法令，不要自取其咎，遭受刑罚。"

甚至她的亲姐姐去世后，外甥孟武希望厚葬母亲，并且搭建一个富丽堂皇的祠堂，显示孝心和家族荣耀，也被节俭的郭皇后坚决制止："汉末以来，盗墓频发，都是厚葬的缘故，还是一切从简。"

郭皇后掌管的后宫平静祥和，"陷害、下药和推倒"的宫斗三大法宝，以及"会哭、能忍、善结交"的胜出绝招，失去了用武之地。她对待妃嫔、宫人亲善友好，即便她们偶然有过错，也能宽厚处理不扩大追究，甚至还为犯错的妃嫔向曹丕跪拜求情，对待皇帝后来的宠妃柴贵人等，也经常赏赐教导，没有嫉妒怨恨的举动。

许昌有座著名的"永始台"，传说中，郭女王与曹丕情义相投，某天，她感慨："我出身寒微，心里明白配不上你的家世，如今虽然两情相悦，只怕镜花水月难长久。"曹丕立刻表白："吾爱卿出自诚心，今生生死与共，永远如初，此台以为证。"

这是"永始台"名称的由来。

在正史里，也有关于"永始台"的记载，那是公元224年，曹丕第一次率师东征时，郭皇后留在许昌永始台，当时大雨连降百余天，城楼多处倒塌损坏，官员们奏请皇后移居他处，皇后却说："过去楚昭王出游，王后贞姜留在渐台。长江浪潮汹涌，使者接王后转移，但匆忙中忘记带上楚昭王的信符，贞姜坚持不走，即便在洪水中丧生也在所不惜。如今皇上御驾远征，我在后方还没有遇到贞姜那样危急的情况，何必要转移呢？"

不是永始台牢固，而是她的心稳如磐石。

这么多年，比她年轻、比她妍丽的女子一定如向阳花般层出不穷、笑颜璀璨地面对君王吧，但是，谁又具备她那颗稳固的"女王心"呢？

4

没有孩子是郭女王唯一的遗憾，耐人寻味的是，曹丕把甄洛的儿子曹叡过继给了她。公元226年，曹丕驾崩，曹叡继位为魏明帝，尊郭女王为皇太后。

野史最津津乐道郭皇后和甄夫人的情敌往事。传说郭女王当年离间甄洛和曹丕的感情，导致甄洛被赐死，曹叡继位后偶然得知年幼时母亲被害的经历，悲愤不已，赐死养母。

这个结局不足为信。

甄洛去世时，曹叡已经17岁，在那个年代早已成年，怎么会不知道母亲的死因，还需要别人转述？他起初对郭女王的确心存芥蒂，可是甄洛死后，曹叡处境艰难，甚至不如父亲曹丕当年，他既不是嫡子，生母还触怒父皇被杀，自己也受牵连从平原王降级为平原侯，父亲甚至打算立其他儿子为太子。

曹叡和郭女王，一个丧母，一个无子，无论什么机缘成为母子，都是彼此的依靠。南朝王僧虔在《技录》中曾经写过一个细节：郭女王善弹琵琶，已经继承皇位的曹叡，撒娇拉着郭太后的衣袖，乞求母亲弹奏音乐。

这个动作，是母子间自然而然的亲昵，既有郭女王对孩子的娇宠，也有曹叡对母亲的依恋，字里行间热腾腾的家庭气息伪装不来。

曹叡是著名的孝子，追封生母甄洛为文昭皇后，也善待继母郭女王，他和继母感情融洽，宛若亲生，从他继承皇位到郭太后去世的九年间，多次封赏太后的家人：先是诏封郭表为安阳亭侯，不久晋爵乡侯，食邑五百户，升迁为中垒将军，追谥太后父亲郭永为安阳乡敬侯，母亲董氏为都乡君。

公元235年的春天，52岁的郭太后在许昌逝世，葬于洛阳，曹叡悲痛不已。

假如曹叡善待继母只是为了帝王的颜面做点面子工程，则完全没有必要在她去世后依然礼遇她的家人。事实却是郭女王去世后，曹叡对郭氏族人的赏赐加封仍然不断，直到晋朝，还在流传他侍母至孝的事迹。

滚滚长江东逝水，浪花淘尽英雄。
是非成败转头空。

青山依旧在，几度夕阳红。

白发渔樵江渚上，惯看秋月春风。

一壶浊酒喜相逢。

古今多少事，都付笑谈中。

明代三大才子之首的杨慎，他的这首《临江仙》被当作《三国演义》的开篇词。那是个男人争雄的时代，可是，这首词若用来形容郭女王的一生，同样妥帖。

气场关键词：延迟满足

郭女王29岁结婚，在古代算是"高龄"，颜值不敌更为年轻的面孔，她一生未育，在当时更谈不上任何优势。然而，就是这样一个不太符合"主流"价值观的女人，却登上了最抢眼的舞台，也收获了丈夫曹丕的信任和爱情。

郭女王的特质是懂得"延迟满足"。

延迟满足，是甘愿为更有价值的长远结果而放弃即时满足的抉择取向，在等待期中保持良好的自我控制能力。通俗地说，就是"忍耐"，为了追求更大的目标，获得更多的价值，而克制自己的欲望，舍弃眼前的诱惑。但是，延迟满足并不是单纯地"等待"，也不是一味地压制欲望，它目标非常明确，很清楚自己未来应该往哪儿走，所以能够克服当下的困境，力求获得长远利益。

延迟满足能力强的人，社会竞争力更高，有更多机会获得更好的工作和学习效率，充分的自信心也让人在应对生活挫折、压力和困难时，善于抵制即刻满足的诱惑。

在册封郭女王为皇后的事件中，曹丕力排众议，但大臣们不同意，她明白这个位置的尊贵，但她更清楚时机还未到，此时强行要求，未来必然有隐患，于是主动放弃，以退为进缓解了曹丕与大臣之间的冲突。

成为皇后之后，她手握特权，却从不滥用权力，对待娘家人一视同仁，连外甥纳妾这种外人眼里的小事也坚决杜绝，不授人话柄。相比眼前的权力，长久的安全才是她更看重的立身之本。

她还善于处理各种复杂的人际关系，对待妃嫔宫人宽厚友好，这些琐碎的人际关系维护起来既耗费时间，又耗费精力，但是那些能够站稳 C 位的人，必然拥有良好的群众基础。

郭女王从来不着急得到，她尽职尽责地做好每一件事，做的都不是表面功夫。在事业上，她为曹丕献计献策，出一臂之力；在感情上，她理解曹丕原生家庭的影响，给予无微不至的关爱。她没有孩子，曹丕把情敌甄洛的儿子曹叡过继给她，她一样视若己出，爱护有加。

"红色 C 位气场"最被误解的部分是"唯我独尊"式的目空一切，其实真正在舞台上站得久的女人，既经得起繁华，更耐得住寂寞，甚至往往先耐住了本能的欲望和寂寞，才拥有了后天的耀眼与光彩。

聚光灯底下的人，都是先学会了候场时艰辛的等待。

武惠妃：谁在高估自己

1

在天愿作比翼鸟，在地愿为连理枝。

白居易一首《长恨歌》，让唐玄宗与杨贵妃的爱情成为传奇，可是，很少有人知道另外一个女人——贞顺皇后武落衡，史书中更多用"武惠妃"来称呼她，她是杨贵妃之前唐玄宗最珍爱的女子，更是杨贵妃曾经的婆婆。

按照唐朝后宫等级制度，原本没有"惠妃"这个尊号，皇后之下是贵妃、淑妃、德妃、贤妃四夫人，而唐玄宗几乎为她定制了"惠妃"这个仅次于皇后的尊号。

武惠妃亲自挑选了17岁能歌善舞、饱满艳丽的杨玉环，作为心爱的儿子寿王李瑁的妻子。意味深长的是，武惠妃去世后，杨玉环却接替她，成为唐玄宗最爱的女人。

也有人说，武惠妃才是玄宗的至爱，她死后皇帝的爱情，都是一种"移情"，他对于失去和自己如此相像的女人悲痛不已，需要鲜艳的姿色与明亮的脸庞慰藉日益苍老的灵魂。

武惠妃的父亲武攸止是武则天的侄子，当年武则天分封诸武时，他受封为恒安王。不同于武三思等总想着篡位夺权的武氏诸王，武攸止没有野心，与李氏皇族私交不错，后来李唐复辟，他的封爵并未被削废。

这位小武氏出身高贵却经历坎坷，由于父亲武攸止早亡，按照惯例，她自幼便被送入宫中抚养，受她的姑祖母武则天影响非常深。武则天死后还政李唐王朝，小武氏自此失去了庇护她的姑祖母，从娇养在宫里的皇亲贵戚几乎沦落为宫女，待遇落差天壤之别。鲁迅曾说："有谁从小康人家而坠入困顿的么，我以为在这途路中，大概可以看见世人的真面目。"

小武氏起伏的身世，何止是从小康落入困顿，她简直是直接从天上摔到地下，幼年的家道中落让人很难获得安全的心理需求。

公元713年，李隆基终于彻底铲除了姑姑太平公主的势力，政权稳定，扬眉吐气，改年号为"开元"。这个辉煌的年号从公元713年，一直持续到741年，共计29年，是中国封建社会最辉煌的时期之一。

而武惠妃，生于公元699年，去世于737年，刚好陪伴唐玄宗走过人生最绚烂鼎盛的时光。她和比自己大14岁的皇帝丈夫生育了四子三女，那时，子女数量代表丈夫的眷顾，从这一点看玄宗确实极爱她。至于为什么如此偏爱，我翻遍史料找到这对皇家夫妻的生平，除却美貌和才华，他们的经历和心性其实非常相似。

唐玄宗出生那年，父亲李旦代替伯父李显成为祖母武则天的傀儡皇帝；

4岁时，祖母开始大肆杀戮李氏宗族，人人自危；

6岁时，父亲被祖母废掉，祖母称帝，全家被迫改姓"武"；

9岁时，母亲被祖母处死，全家获罪；

15岁时，伯父重新被立为太子，他的家庭再次远离权力中心；

17岁时，祖母把他们兄弟五人，全部软禁在兴庆坊；

21岁时，祖母驾崩，伯父继位，他被猜忌外放；

26岁时，伯父唐中宗李显被伯母韦皇后杀死，他与姑姑太平公主联手发动政变，处死伯母，拥立父亲李旦称帝，他得到长兄辞让，被立为太子；

29岁时，他再次发动政变，赐死姑姑，从父亲手中夺得权力，真正稳定政局。

坦率地说，作为男人，幼年丧母、颠沛流离、政变夺权，都是极其糟糕的经历，但是作为帝王，却是成长必需的阅历。

而武惠妃，她的处境不比唐玄宗平顺。史书没有细节记载她遇到的那些艰险，可是揣摩她的姓氏"武"，以及李唐王朝对武氏家族的消灭、怨愤、报复和提防，就不难理解这个养在深宫的小姑娘活得很不容易，她内心隐藏了太多幽暗与恐惧，希望与幻灭，这给她带来深深的不安全感。

唐玄宗与武惠妃就像彼此的复刻版本。

相像的人才能读懂彼此细微的心理：明朗掩盖下的阴鸷，宽广包藏中的褊狭，人前笑语连珠，人后，心灵计算器几乎没有停歇的时候。

历经家族兴衰的武惠妃始终清醒地认识到：玄宗不仅是自己的丈夫，也是帝王和政治家，她和她的孩子不仅需要亲人，更需要政治地位。

政治地位甚至比亲情更能带来庇护，为了权力，她做了太多努力。

2

即便唐玄宗如此喜爱武惠妃，但他同样深知无法给她"皇后"的位置，因为她姓"武"，武则天带给李唐王朝的教训近在眼前。

所以，无论他自己还是朝臣，怎么可能允许出现第二位活生生的"武皇后"？

唐玄宗原配皇后王有容，父亲是祁国公王仁皎，哥哥王守一是玄宗妹妹薛国公主的驸马。王皇后政治上极有胆识见地，又与玄宗是患难夫妻，早在玄宗与太平公主第一次政变讨伐韦皇后时，她便犹如长孙皇后支持李世民玄武门政变一般参与谋划，她是丈夫成为皇帝之前的"贤内助"。

玄宗即位后，既有功劳也有苦劳的王氏顺理成章成为皇后，她善待宫人，口碑良好，娘家也因此显赫。如果人生有漏洞，王皇后最大的破绽就是没有孩子，玄宗对她的感情也是"敬而不爱"，她虽然贵为皇后，但丈夫宠爱的是皇甫德仪、刘才人，甚至传说中潞州歌女出身的赵丽妃也比皇后得宠。

在武惠妃出现后，六宫粉黛全部失色，王皇后的日子更加艰难，尤其当武惠妃连续生育皇子、公主之后，王皇后的心理防线溃败了。

唐朝崇道尚佛，以占星、卜筮[1]、厌胜[2]问吉凶，但这种行为是后宫

---

1 卜筮：古代民间占问吉凶的两种方法，是古代巫术的一种表现。指用龟甲、蓍草等工具预测某些事项，不同的时代使用的方法有所不同，历代也有创新，比如据传东方朔占卜用的《灵棋经》就是用特制的棋子和特殊的口诀来预测。这两种方法都是利用一些无生命的自然物呈现出来的形状来预卜吉凶。

2 厌（yā）胜：意即厌而胜之，旧时中国民间一种避邪祈吉习俗，系用法术诅咒或祈祷以达到制胜所厌恶的人、物或魔怪的目的。

中的忌讳。或许病急乱投医，王皇后的哥哥王守一建议求助于"符蛊[3]之术"渡过危机。他准备了一块被称作"霹雳木"的压胜神牌，写了"天""地"的字样以及李隆基的名讳，并告诉妹妹："你戴上这个就会有孩子，并且拥有和武则天皇后同样的运气。"

很难想象，王守一是否如《旧唐书》记载一般，真的在整个朝堂反对武氏的情况下依旧说了这句："佩此有子，当与则天皇后为比。"

宫廷里耳目众多，符蛊很快被揭发，玄宗勃然大怒亲自彻查，公元724年秋天下诏："皇后天命不祐，华而不实，有无将之心，不可以承宗庙、母仪天下，其废为庶人。"

皇后被废。她的哥哥王守一也被赐死。

王皇后被废时，曾经在玄宗面前委屈哭泣说："陛下独不念阿忠脱紫半臂易斗面，为生日汤饼邪？"陛下，您还记得我的老父亲为您生日能吃上一口热汤面，卖了身上唯一一件好衣服换面的事情吗？

这些患难的情分，皇帝是忘记了，还是再不愿想起呢？同年十月，被废的王皇后忧郁而死，玄宗并没有以"庶人"（即没有官爵的平民）的粗糙相待，而是用一品官员的礼遇安葬了她，连惜字如金的史书，也说起皇帝后来终究后悔了。

后悔又怎样呢？一个女人的生命早已溘然而逝。

---

3 符蛊：以药物等方式控制人的精神，从而控制人的行为。

然而，即便皇后位置空缺，武惠妃也并没有当上皇后。

玄宗确实起过册封她为皇后的念头，消息传出，激起朝堂一片反对，御史潘好礼上奏："陛下，武惠妃的远房叔公武三思，叔父武延秀都是乱臣，世人共恶；况且现在太子李瑛不是惠妃所生，惠妃也有自己的儿子，一旦以她为皇后，恐怕她会基于私心而使太子的储位不安。"

这两个理由锋利如刀，扎到玄宗心坎上，以惠妃的聪明，她十分明白自己坐上皇后位置的概率渺茫；可是以人性的贪心，她又竭力挣扎，希望给儿子博个机会，亲生儿子如果能够成为太子，比自己当皇后更加荣耀而稳固。

武惠妃开始为儿子李瑁当太子出谋划策，她深知玄宗忌惮三个已经成年的儿子：太子李瑛、鄂王李瑶和光王李琚。玄宗本人通过宫廷政变继位，胁迫父亲退居二线，他忧虑同样的情景在自己这里重演，于是把儿子们像住集体宿舍一样安置在一起，"乃于安国寺东附苑城同为大宅，分院居，为十王宅"。

这与武则天当年软禁他如出一辙，等于变相整体监视。

公元736年，惠妃女儿咸宜公主的丈夫杨洄秘密报告："太子李瑛总和两个弟弟鄂王瑶、光王琚在一起，言辞间对圣上不满！"

这三位皇子的微词其实来源于惠妃专宠后，皇子们的母亲全部失宠，三位皇子感慨父亲对母亲的薄情，这原本是家事，但武惠妃把它变成了一件大事，她流着泪对玄宗说："三位皇子结党，对臣妾母子诋毁，关键是对您不利。"

她戳中玄宗"疑子夺权"的潜在痛处，玄宗暴怒，召集大臣们商议废太子。耿直的中书令张九龄坚决反对："三位皇子已经成年，没有大过，为一点小事废掉他们，撼动社稷安稳，作为臣子，我实在不能从命。"

第一次废太子以失败告终。

不甘心的武惠妃指派心腹对张九龄说："有废必有兴，如果您愿意帮助，必定坐稳宰相的位置。"张九龄不屑，立刻把惠妃的原话转告玄宗。按照常理，玄宗必然对这个干政的女人深恶痛绝，可是他偏偏没有，依然宠爱如故。甚至当武惠妃再次陷害太子等三人时，玄宗没有调查，甚至没有允许他们辩白，就在一天之内废掉了自己三个亲生儿子。

据《新唐书》记载，太子瑛、鄂王瑶、光王琚同时接到了宫里的消息："皇宫里有贼，请进宫护驾。"

三位皇子中计进宫后，惠妃却对玄宗说："三人蓄意谋反，披着盔甲进宫了！"

玄宗的心病是宫廷政变，立刻召集宰相商量三位皇子"谋反"的处理意见，此时的宰相是李林甫，他特别善于窥伺玄宗的意图，他说："陛下家事，非臣所宜豫！"

于是，当了20多年太子从无大过的李瑛，和以学识著称的李瑶和李琚，一起被废为庶人，并在15天后被秘密处死。

表面看，这桩冤案是惠妃的挑唆，可是一向了解丈夫的武惠妃，怎么会不明白玄宗早已忌惮这三个成年儿子，早已决定铲除他们的势力？武惠妃可能只是个助攻手。

付出这么大心力，武惠妃得偿所愿了吗？

并没有。

史书潦草地记载，三位皇子死后，她终日疑神疑鬼，总梦见他们的魂魄回来寻仇，一病不起，两个月后就去世了。

讲真话，这个结局有点啼笑皆非。武惠妃真的那么工于心计、心地狠毒吗？谁见过毒辣的女人心理素质这么差，害人之后自己反而被吓死？还是她根本就是高估了自己的能力，替权力斗争背了锅呢？

武惠妃去世后，唐玄宗伤心不已，时常感慨"落衡一去，朕失一知己"，终日郁郁寡欢。为了排解他的思念，有人推荐杨贵妃，才成全了后来流传千古的《长恨歌》。

爱情究竟是什么呢？是无缘由的喜欢，还是即便看清了对方的弱点却依旧选择装看不见？

唐玄宗不仅偏爱武惠妃，还偏爱她生的所有子女。她的第一个孩子名叫"李一"，这个名字代表着玄宗无比的欣喜，他觉得这是所有孩子中最好、当之无愧的第一宠儿，可是这个漂亮的男孩却在婴儿时就夭折了，被满怀爱念地追封为"夏悼王"，甚至由于李一死时父母都住在东都洛阳，他被葬在龙门东岑，便于让父母在思念时望得到他的陵墓。

武惠妃和唐玄宗相处16年，带给了他寻常夫妻的家庭乐趣，两人儿女绕膝，行为默契；玄宗在惠妃生前对她待遇等同皇后，死后更立即追封她为"贞顺皇后"，尽全力满足她的心愿，让她成为后宫最引人注目的女子。

这种偏爱究竟是给了她安全感，还是给了她有恃无恐的张扬，过早结束了本可以更加平顺的人生呢？

气场关键词：达克效应

武惠妃是个幸运的女人，丈夫唐玄宗爱她，而且这种爱是近乎不容他人置喙的偏爱；她有四个儿子、三个女儿，在母凭子贵的唐朝宫廷，她地位稳固。

但是，武惠妃也是个不幸的女人，她严重高估了自己，却低估了周围。

红色"C位"气场的消极面是逞强，不顾一切必须当主角。就像武惠妃明白自己当皇后概率渺茫，可是要强的天性让她即便自己当不了主角，也要拼尽全力为儿子争夺皇位，哪怕这种要强引火烧身害了自己，也断送了儿子的前途。

舞台的灯光美化效果、周围人群的欢呼声非常容易让原本就在"C位"的女人产生虚妄的幻觉，对自己的能力估值太高。乐观是难能可贵的性格特质，过度乐观却给决策带来负面影响，过于乐观的人常常因为忽略了可能存在的风险，而做出错误选择，让自己陷入尴尬甚至危险的境地。

认知心理学家邓宁和克鲁格在1999年提出：能力欠缺的人有一种虚幻的自我优越感，错误地认为自己比真实情况更加优秀，简言之即：某个方面能力越欠缺的人，越容易在这个领域因为缺乏自知之明而膨胀，因为能力本身影响了他们对自己和外在世界的客观判断。

就像估分时，"学渣"总觉得自己考得不错，但"学霸"却认为自己考砸了；小心眼的人从来都觉得自己简直宰相肚里能撑船；70%的女人都评价自己的外貌在"中等之上"。

这种认识不到自己无知的现象被命名为"邓宁—克鲁格效应"，在心理学上又被称为"达克效应"。

武惠妃是"达克效应"的典型案例。唐玄宗的偏爱、周围人的奉承让她误以为自己有足够实力把儿子扶植成太子，内心的不安全感也让她对权力充满过度渴望，但是，她根本不是姑祖母武则天那样天生的"政治动物"，她用小女人的心智挑战了女政治家的任务，瞬间被巨大的心理压力和复杂境地碾压。

怎样避免陷入"达克效应"？对现实的评估能力，是个人能否做出正确决定的基本因素。这里的"现实"包括两方面：一方面是清楚自己的能力边界，明白什么能做到，什么做不到；另一方面是明确目标的难度，在拆分目标后考察每个细分环节的工作量，从而使整体任务清晰。

《哈佛商业评论》的一篇调研报告显示：低估自己的程度越高，领导的效率得分就越高。这个结果很有趣，说明最有效的领导者不是那些自知之明程度最高的人，不是对自己看得最清楚的人，而是低估了自己的人。低估自己的人手下会有更多热心而敬业的员工帮助她完成任务，这也是领导者谦逊待人、严于律己、不断进取的综合结果。

完全的客观或许很难，但适度谦虚却几乎每个人都能通过努力做到。

学会在舞台中心保持谦逊和低调，是"红色C位气场"在大杀四方之外的必修课，这决定了一个女人能够在聚光灯下站多久。

萧燕燕：哪种女人注定幸福

1

这是一个从小便被当作皇后培养的女人。

她的母亲是辽朝第二位皇帝耶律德光的女儿，被尊称为"燕国长公主"；她的父亲萧思温得称呼开国皇后述律平"姑姑"。萧燕燕的名字取自母亲的封地"燕国"，她大名萧绰，血脉一半来自皇族耶律氏，一半来自后族萧氏，显赫的萧氏一共为辽朝贡献了13位皇后、13位诸王、17位北府宰相和20位驸马。

她的父亲萧思温深通政治，为了家族利益而希望自己的三个女儿至少有一人成为皇后，幼年时期就对她们进行后妃必要技能培训，不仅包括文化教育和管理后宫，还包括如何参政、如何驾驭群臣、如何行军布阵、带兵打仗等汉族女性绝不可能学习的内容。

萧燕燕是萧思温最小的女儿，天资最聪明，做事最认真。有一次，萧思温要求三姐妹打扫房间，两位姐姐觉得这样的基础工作不是出身高贵女子的职责，潦草地做做样子，唯独小妹妹一丝不苟把房间打扫得干干净净，父亲大赞："此女将来必成器。"有意思的是，公主妻子未能生下传宗接代的儿子，萧思温并没有像汉族男人一样纳妾生子，他从同族那里过继了儿子。实际上，契丹贵族中的女性在一千多年前就获得了与男人平等的地位。

萧思温对三个女儿的培养不遗余力，婚姻选择更是深思熟虑，把她们分别嫁给了最有可能成为皇帝的王室成员：大姐萧胡辇嫁给齐王罨撒葛；二姐萧夷懒嫁给宋王喜隐；三妹萧燕燕最得父亲重视，他把她嫁给谁呢？

公元969年，当时的皇帝辽穆宗在黑山打猎时遇刺身亡，事发突然，作为驸马都尉的萧思温最先得到消息，他以锐利的政治眼光第一时间站队，把赌注押在了与自己交好的皇族耶律贤身上。

得到萧思温的通报后，耶律贤立刻率领部将连夜赶到黑山，第二天一早，耶律贤在辽穆宗的灵柩前即位，是为辽景宗。为了报答萧思温的拥立之功，他任命萧思温为北府宰相，又征召萧家17岁的小女儿萧燕燕入宫，先封她为贵妃，仅仅两个月后，便正式册封她为皇后，让她以火箭般的速度春风得意。父亲的梦想终于实现，他成为名副其实的"国丈"，却给女儿们留下了巨大的隐患，姐妹们分别嫁给最有可能成为皇帝的男人，她们日后的关系怎能太平？更多的矛盾与杀戮隐藏在亲情的脉络中。

日中必移，月满必亏。在萧家权力的巅峰时期，萧思温被仇家刺杀身亡。这时，距离萧燕燕成为皇后仅仅一年，她刚刚18岁，皇后的位置还没有坐稳，便失去父亲这个最坚固的后盾，唯一可靠的只有丈夫，比她年长五岁的辽景宗扶持萧燕燕迅速成熟。完全不同于汉族皇室男尊女卑的传统，少数民族政权重视女性，萧燕燕有机会如同她的姑祖母述律平一般施展政治才华，协助丈夫对内政进行大刀阔斧的改革。

首先，她重用汉族官员，提高政府机构的进步和工作效率，加快契丹民族封建化的文明进程。

其次，她辅佐丈夫改革官吏制度，仔细研究历朝历代用人之道，赏罚分明，任人不疑，储备了许多高层和基层的贤能官员。

再次，她建议丈夫广开言路，鼓励大臣提出建议，使上下通达，朝堂团结。

最后夫妻二人齐心协力发展农业，这对习惯游牧生活的契丹民族非常不易，皇帝于是亲自下令禁止随意踩踏庄稼，行军时必须绕开农田。

经济和政治的同步发展让辽国迅速崛起，国力强盛，兵强马壮，做好了开疆拓土的准备。

汉族皇室几乎不存在萧燕燕与辽景宗这样的夫妻之情，平等的两性关系中包含着真诚的赞赏，同时代的汉族后妃最渴望帝王们居高临下的"宠爱"，由此带来富贵、权力和生育。她们委屈自己真实的性情和需求，摆出讨好的姿态和承欢的模样，她们更向往在男人的荫庇下像小鸟一样依人，而不需要力量与力量的共融，强人对强人的欣赏。

14年的夫妻生活，辽景宗和萧燕燕一共孕育四子三女，四个儿子分别是隆绪（太子）、隆庆（秦晋王）、隆裕（齐国王）、郑哥（早夭），三个女儿是燕哥、长寿奴、延寿奴 。

这里，我说两句个人的感受。萧燕燕是个大女人，那些深谋远虑的政治措施，没有一项是嫔妃们狭隘的"宫斗"，女人的格局比权欲更广阔，男女之间平等的两性关系也比宠物之爱更高级。历史上与丈夫策马奔腾活得潇潇洒洒的皇后们，或多或少都有大中华其他民族的血统：要求隋文帝实行一夫一妻的独孤皇后、唐太宗的左膀右臂长孙皇后是鲜卑族血统；辅佐皇太极、顺治、康熙三代帝王的孝庄太后是蒙古族血统；叱咤风云的成吉思汗，对被敌军掳走9个月回来生下儿子的妻子孛尔帖始终不离不弃，这在汉族皇室，恐怕女人不自尽难以谢罪。

草原民族男性更热爱身体与思想一样健壮美丽的女人，古时的中原男性更青睐柔弱乖巧、贤惠听话的女人，比如汉高祖刘邦，他的最爱是小女人戚夫人，而不是和自己同样强盛的大女人吕雉。

2

公元976年，萧燕燕24岁，辽景宗给予自己的皇后最高尊重，他要求大臣在书写皇后言论时必须使用"朕"或者"予"这样的称谓，并且作为法令执行，这相当于给了皇后代行皇帝职责的权力，可见信赖之深。

公元982年，35岁的辽景宗去世，留下遗诏由自己和萧燕燕年仅12岁的儿子耶律隆绪继承皇位，称为辽圣宗，并且叮嘱军国大事全部听从皇后号令。这一年，萧燕燕30岁，孤儿寡母，环境险恶。辽朝建国之初没有实行嫡长子继承制，每逢皇帝去世局势异常危险。与中原皇室"子承父业"的继承观念不同，马背民族自然环境严酷，首领的指挥作用至关重要，未成年的孩子无法承担重任，所以，经常出现"兄终弟及"，由已故君主成年的弟弟继承皇位的状况。

萧燕燕虽然手持遗诏，但辽国境内200多位拥有兵权的皇室虎视眈眈，辽景宗在世时，宗亲虽然有野心，却不敢贸然生事。

危急关头，相当于国防部长的南院、北院枢密使韩德让与耶律斜轸协同萧燕燕力挽狂澜。韩德让秘密召集由他统领的宫廷侍卫队赶赴辽景宗行帐，以武力协助萧燕燕摄政，辅佐皇太子耶律隆绪继位。新寡的萧燕燕在重臣耶律斜轸等人面前，流泪说道："我们母子势单力薄，宗族实力强盛，边防尚未安定，还能怎么办呢？"

她何曾这样示弱过？作为一位女政治家，她大约非常理解那句谚语：善于妥协的女人最宝贵，只会妥协的女人最廉价。

这句话真正的含义是，懂得在恰当时机退让的女人有智慧，犹如瑰宝；而没有原则，只会一味让步的女人，永远体现不了自己的价值。

不必赌一口气，但要争一口气。

萧燕燕既赌赢了这口气，也争到了这口气。

重臣韩德让、耶律斜轸、耶律休哥、萧挞凛等纷纷表达忠诚："承蒙您信任，我们一定不让您失望！"于是，她安排韩德让、耶律斜轸共同参与国事决策，又把与宋朝接壤的半个辽国委托给号称"战神"的耶律休哥，她甚至让小皇帝耶律隆绪当众与耶律斜轸交换了弓矢鞍马，这种仪式曾经在金庸的《射雕英雄传》里提到过，叫作"结安答"，从此，皇帝和将领成为患难与共的兄弟。

公元983年，萧燕燕以"承天皇太后"身份临朝，总摄国家大事，成为辽帝国真正的统治者。她的举措既有女性气质的温和关怀，又充满男性气息的干脆利落，这种"雌雄同体"的管理风格，是她独特的优点。

3

"辽以鞍马为家，后妃往往长于射御，军旅田猎，未尝不从。"女性统军作战，犹如今天的女人职场工作一样，是游牧民族传统，萧太后更是历史上罕见的以能征善战驰名的后妃，而此时的宋朝君臣却猜测：辽国孤儿寡母，牝鸡司晨怎么可能是煌煌男性政权的对手？这是北上收复失地最好的机会。

公元979年，宋太宗御驾亲征，直抵幽州（今北京）城下，韩德让坚守城池与宋军血战，被称为"辽国双雄"的耶律休哥、耶律斜轸率军支援，在高梁河打得宋军一败涂地，宋太宗挨了两箭，乘驴车逃跑，被他看不起的中年女人打得落花流水。

公元986年，不甘心的宋太宗再次派遣三路大军，由著名的"杨家将"充当前锋，连克寰、朔、应、云诸州，气势如虹。而辽国再次采用"诱敌深入，聚而歼之"的策略，有条不紊地反击，萧太后与儿子辽圣宗亲自戎装上阵，金鼓连天，短兵相接。也正是在这次战役中，原本承诺支援的军队临阵退缩，老将军杨业重伤被俘。

此后，宋太宗精锐尽失，再也无法收复燕云16州的失地。

杨业被俘后，萧太后安排辽国大将多次劝降，耿直的杨令公感慨："我本想消灭敌人报效国家，却没想到被奸臣陷害，落得全军覆没，再没有脸面苟活在世上！"他在辽营中绝食三天三夜以身殉国，终年59岁。

杨业的刚烈让萧太后既意外又敬佩，但他毕竟是敌军统帅，萧太后下令砍下他的首级，装在木盒里传送到各个战线，鼓舞辽军士气；可是，出于对忠义之士的敬佩，萧太后同意把杨业的遗体送还宋朝，并且一直把他视为值得辽国军人学习的楷模。

多年后，萧太后的儿子辽圣宗甚至命令在辽与北宋边界修建"杨令公祠"，军民百姓一年四季祭祀不断。在《辽史》中，辽国人一直把作为宋朝主帅的杨业，视为最值得尊敬和重视的对手，对于陷害他的宋朝将领则非常轻蔑。

给予对手尊敬与欣赏，萧太后比男人做得更坦荡。

公元1004年，52岁的萧太后和辽圣宗再次向南进攻北宋，直抵重镇澶州（今河南濮阳）。此时继位的宋真宗在宰相寇准的请求下，同样御驾亲征来到边关，两军对垒，各有伤亡，尤其名将萧挞凛被宋军射死，萧太后悲痛不已，下令辍朝五日哀悼这位追随她南征北战的猛将。同时，辽军惨重的伤亡也让她意识到，战争是宋辽之间巨大的损耗，双方都没有能力彻底击垮对方，她最终同意讲和。

于是，宋辽签订"澶渊之盟"，赢得两国长达120年的和平，这次双赢为辽国带来每年10万两白银、20万匹绢的经济收入，大宋百姓相当于每人每年少吃一个烧饼，却节省巨额军费开支，增强了边境贸易。

战争依靠武力，和平却需要襟怀。

只是，萧太后的胸襟平了国事，却齐不了家事。

二姐赵王妃首先与她反目。赵王喜隐屡次谋反，被关进大牢严加看守。辽景宗去世前两个月身体状况急剧恶化，萧燕燕担心赵王和部下再次叛乱，于是赐死了这位二姐夫。二姐从此对她恨之入骨，假意在家中设席邀请三妹赴宴，安排好刀斧手与毒酒，结果被婢女向萧太后告发。

萧太后盛怒下，把这杯原本预备毒死自己的酒，转赠给二姐。

赵王妃一饮而尽，既是愤恨，也是解脱。

大姐齐王妃深受妹妹信任，掌握兵权，以女主人的身份率领丈夫的部队。她带兵打仗屡战屡胜，安定国家西北边界，成为辽国的"西北女王"，姐妹感情深厚。丈夫去世后，大姐爱上了一个叫挞览阿钵的奴隶，由于门阀的差距，萧太后严惩了这个奴隶。不料南征北战都未尝皱眉的大姐，此时却动了真情，她愿以曾经的王妃之尊，下嫁奴隶，与他结为夫妻。萧太后虽然震惊，却依旧成全了姐姐，为她举行了盛大的婚礼。

姐妹关系恶化正是从大姐再婚开始。受过惩罚的挞览阿钵不仅怀恨在心，而且野心勃勃，天长日久的枕边风，以及萧太后的改革限制了王公贵族的权力，唤起契丹女子骨子里的野性，大姐逐渐动起谋叛自立的念头。她尚未动兵便被更有政治经验的妹妹识破，抢先一步夺其兵权，本人被囚禁，同党被活埋，骄傲的契丹女贵族受到人生最沉重的打击。

在姐妹之情、派系利益和国家大势的撕扯中，为绝后患，公元1007年，54岁的萧太后赐死了自己一母同胞的大姐。

很难通过史书寥寥数字的描述，还原当年剑拔弩张的对峙，手足之情或许是萧燕燕一生最无法挽回的遗憾。三姐妹幼年朝夕相处，为了家族利益缔结婚姻殊途异路，最终你死我活。这份残忍，早已不是个体的残暴，而是生在帝王家的无奈。

三姐妹的恩怨最终以齐王妃和赵王妃被诛杀收场，萧太后因此落下"天性残忍、多杀戮"的恶名，她们都没有摆脱皇后的魔咒。

4

作家黄佟佟曾说："旧式男女关系其实并没有给弱的男人留一条活路，它用这个机制让男人不能退缩，要一直向前，要不然就没有女人会善待你。但也没有给强的女人留一条活路，女人养男人，女主外男主内，就是牝鸡司晨，就是大逆不道。"

怎样平衡事业、婚姻、爱情和自我，是今天的新女性最大的难题，一千多年前的萧燕燕，却用披荆斩棘的勇气，收获了相对完满的结局。

她既获得了丈夫辽景宗的欣赏与支持，又在丈夫去世后，得到了韩德让至死不渝的爱情和扶助。

韩德让比萧燕燕年长12岁，出身名门，父亲韩匡嗣是开国皇后述律平的养子，他与萧燕燕是一对治国理政的绝佳搭档。

他文武双全，高瞻远瞩。辽景宗去世时，他建议萧燕燕召宗室亲王觐见，本人不在则召其妻子，一切布置妥当后才宣布辽景宗的遗诏，拥立太子耶律隆绪，以此使拥有兵权的亲王即便有二心，也不敢立即轻举妄动。

他领兵对抗宋军的围城，亲自登城作战，以身作则奋死抵抗，坚守城池十多天，直到等来援军大破宋军于高粱河。

传说中，萧燕燕以太后之尊下嫁韩德让，并且对爱人维护有加，要求儿子辽圣宗也将韩德让如父亲般对待。

辽圣宗派遣自己的亲弟弟每天去韩德让帐内请安，在距离大帐两里之外便要除去车盖，下车步行，以示恭敬；离开时，韩德让无须起身，便可接受皇子亲王的礼拜。即便辽圣宗本人去韩德让大帐，也在五十步开外下车，韩德让出帐迎接，两人见面时，辽圣宗先行礼，进入帐内，辽圣宗还要行家人之礼。

萧燕燕特别关心韩德让的身体状况，每次他生病，都要带着辽圣宗一同祷告，诏令天下名医为他治疗，自己日夜侍奉在侧，体贴入微。

以太后之尊，萧燕燕授予爱人官职、荣誉和封赏都不足为奇，难得的是，她给予行为上的照料和关怀；以权臣之位，韩德让扶助萧燕燕文治武力、定国安邦都是本分，可贵在于，他是整个辽代辅政最久、集权最多、宠遇最厚、影响最广的权臣，却从未想过篡权。

公元1009年，摄政27年的萧太后把军政大权交还给儿子辽圣宗。萧燕燕本人受汉族文化陶冶，文韬武略样样精通，她精心培育辽圣宗。辽圣宗自幼热爱读书，出口成章，精于骑射，通晓音律，还画得一手好画。辽圣宗在位50年，被称为"辽朝圣主"，母子俩感情深厚。

也正是这一年，57岁的萧燕燕病逝，和丈夫辽景宗合葬于乾陵。

韩德让与辽圣宗一直亲如父子，感情不受皇权和时间的影响，萧燕燕去世后不久，韩德让一病不起，辽圣宗带领自己的兄弟诸亲王像儿子一样侍奉在床前，由皇后亲侍汤药。

萧燕燕去世一年多后，韩德让随之而去。辽圣宗悲痛不已，赐谥号"文忠"，亲自为他举行国葬，安葬在大辽皇陵萧太后的陵墓旁边，成为葬在皇陵中唯一的汉人和臣子，犹如另一种形式的"执子之手，与子偕老"。

气场关键词：纳什均衡

皇后的身份既有无上的尊荣，也有无边的束缚，富贵易得，圆满难求。

萧燕燕最难得的成就不是财富和权力，不是以"红色C位气场"赢得瞩目，而是她极其巧妙地理顺国家利益和自己的私人情感，处理好血缘关系和朝堂上的君臣关系，获得了最难求的"圆满"二字。

她是怎样做到的呢？萧燕燕是博弈中的高手。

美国著名经济学家约翰·纳什提出"纳什均衡"，这是博弈论的重要术语，它的官方解释是：在一个博弈过程中，无论对方采取什么样的策略，当事人一方都会选择某个确定的策略，则该策略被称作支配性策略。如果两个博弈的当事人的策略组合分别构成各自的支配性策略，那么这个组合就被定义为纳什均衡。

简单来说，纳什均衡是一种让博弈局面稳定的策略，它对每个人而言都是最优选择，谁单方改变了这个策略谁就会遭受损失。

所以，优质的合作和局面，肯定是个"纳什均衡"。

怎样才能达成纳什均衡的最优化选择呢？关键在于找到聚焦点。

擅长合作的人都擅长在纷繁复杂的环境中找对重点，就像萧燕燕，她几乎在任何时候都能抓住核心矛盾，解决真正的障碍：

18岁，她失去父亲这个最坚固的后盾，迅速把聚焦点转移到协助丈夫完成改革，形成牢靠的"夫妻搭档"；

30岁，丈夫去世，孤儿寡母处境凶险，她把聚焦点放在了赢得辅政大臣的支持，促使政权平稳过渡；

52 岁，她面对战争中惨重的伤亡，再一次调整聚焦，同意与北宋讲和，为辽国赢得了和平与稳定；

54 岁，面对王朝的整体利益，她舍弃个人情感，赐死一母同胞的大姐，维护了统一的局面。

在该妥协时，她低头；该示弱时，她委婉；该果断时，她强硬；该宽厚时，她给予杨业这样的敌军统帅充分的尊重。

绝大多数时候，博弈中的各方并不是想着齐心协力一起办成事，而是寻求怎样才能让自己赢，尤其女性，非常不善于面对复杂局面，而萧燕燕在众多利益交织时，总是抽丝剥茧，寻找到当下利益的聚焦点，做出最适合眼下的选择。

她并不贪心，一次只聚焦在一个点上，所以她极少在事业、亲情、权力和爱情之间失焦。

红色 "C 位" 气场是主角的气场。

人生总是像复杂的棱镜，有无数个切面，一个始终能站在中心位置的女人，必然精通 "博弈论"，用得好 "纳什均衡"，她们能够在复杂状况下找到最核心的关口，一举击破，达成目标。

假如幸福是一场勇敢者的博弈，那么它从来都不属于贪心和犹豫的女人。

第三章
白色"好人缘"气场

白色代表着真诚、纯洁、友好、自我净化、无所不包的容纳度，具备白色气场的女性通常非常受欢迎、好相处，社会评价很高，所以白色气场又可以理解成"好人缘""零差评""亲和力"，可是一不小心，也容易变成"老好人"，过于迁就的老好人还会把自己憋出内伤，暗地里苛求别人。

假如希望改善人脉，可以从增加白色气场开始。

卞皇后：优质夫妻关系的秘诀

1

美国的布什家族曾经出了老布什和小布什两位总统，有人问老布什的妻子、美国前第一夫人芭芭拉·布什，两个儿子当中谁最有可能当总统时，她回答：我不知道哪个儿子更能成为总统，但是两个儿媳中劳拉更像第一夫人。

小布什深知妻子对自己的重大意义，曾在竞选宣言中说："我希望大家继续支持我，当然，我知道你们更想让劳拉当第一夫人。"

以妻子的成就和品行，判断丈夫的人格和魅力，是一件最直观的事。就像三国时期，魏蜀吴三分天下，究竟曹操、刘备、孙权谁能胜出？从夫人来看，曹操倒是更胜一筹。

曹操好相处吗？肯定不。

他位高权重，家庭关系很复杂，一生娶了15位妻妾，生了32个子女，其中25个儿子，以曹操的身份地位，当年这样的家庭确实人口众多，但也还算正常。

勇武的男人通常好色，他们精力太充沛，荷尔蒙太过剩。在女人的问题上，曹操吃过大亏，他最有名的一场绯闻发生在与张绣战于宛城中，宛城守将张绣原本投降了曹操，但是，曹操却发现俘房阵营中有一个非常美丽的女人，便纳入大帐共度春宵。谁想她竟然是张绣的婶娘，张绣倍感羞辱，起兵反叛，大败曹操。

在这场因女人而起的战争中，曹操不仅自己中箭负伤，而且长子曹昂、侄子曹安民、爱将典韦全部战死。

这就是写出"老骥伏枥，志在千里；烈士暮年，壮心不已"的曹操真实的人格，有雄才大略，有贪婪好色，有残忍凶暴，也有在13岁的儿子曹冲早逝时仰天痛哭的慈父情怀。

这也是卞夫人所面对的真实的丈夫。

她20岁时嫁给25岁的曹操做妾，那时，曹操身边已有原配正妻丁夫人。卞夫人漂亮而有艺术天分，但出身低微，当过歌舞艺人，复杂的身世练就了她的见识。三国乱世，胜败乃常事，有一次曹操出逃，曹府传来他生死未卜的消息，全家一片混乱，尤其早先投靠来的部下顿时觉得前途黑暗，打算散伙。这时，30岁的卞夫人亲自劝说部下："曹君的生死不能光凭几句传言来判断。假如流言是别人编造的假话，你们今天因此辞归乡里，明天曹君平安返回，诸位还有什么面目见主人？为了逃避未知之祸，就要轻率放弃一生的名节，这值得吗？"

短短几句话，既有远见，也有温情，部将和家人非常钦佩，纷纷留下。曹操平安归来后听说了这件事，内心赞赏不已。

大多数的夫妻关系都相辅相成，丈夫犹如远航的船，乘风破浪，为家庭探索方向；妻子就像定船的锚，无论多大的船，无论航线多么辽阔壮观，都需要停顿和休整，妻子就是关键时刻的定海神针，平稳情绪，安定人心。

1000多年前的家庭主妇，与今天的新女性们本质类似。不同的是，今天的女人有更多机会与男人共同掌舵，共同成为船锚，更有机缘平等地成就彼此。

2

曹魏宫廷的制度：皇后地位最高，以下依次是贵嫔、夫人、淑媛、昭仪、修容、婕妤、容华、美人、良人。

卞夫人位次靠前，却能与曹操所有其他妻妾都友善相处。

曹操的原配丁夫人因为儿子曹昂随军战死，怨恨不已，经常指着曹操鼻子哭骂："如果不是你贪欢好色，逼反了张绣，我的儿子怎么会死！"曹操没法子，只好把她送回娘家，不久，以为她气消了又亲自去接回来。据说，曹操去的时候，丁夫人正在织布，门外仆人老远就传送消息："曹公到了。"夫人像没听见一样，照样织布，曹操走到丁夫人身边，抚摸着她的背说："回头看看我呀，跟我一块儿坐车回去吧。"丁夫人既不回头，也不应声。

曹操出了房门还在窗下说："差不多就别闹了吧。"丁夫人依旧织布，不应。曹操伤感地说："看来是真的要分手了。"

丁夫人从此终日纺纱织布，冷淡而贫寒，她的倔强远超丈夫想象，毕生都不原谅他由于贪恋女色致使儿子曹昂丧生的事实，自愿淡出曹操的生活，而放不下的曹操却反复跑来刷存在感。他曾经派特使传话丁夫人，说如果她愿意可以改嫁他人，丁夫人不置可否；他又派人强行将夫人接回宫中，但丁夫人不开口说一句话。统率千军万马都未尝有难色，此刻却无计可施的奸雄，只好又将她送回娘家；没几天，曹操再次派心腹接丁夫人入宫，无奈她依旧不冷不热不说话，吃完饭就走人，没有分毫交流。

来来回回数次之后，丁夫人终于恼怒地对曹操说："我一个被废弃的人，你何必这样没完没了？"

读起这段历史，总让人有几分感慨，狠辣的曹操其实对妻子并不心狠手辣，否则，几个女人敢在那个年代明目张胆违抗丈夫呢？尤其还是一人之下、万人之上的男人。耿直的丁夫人永不原谅，曹操无奈，庞大的家族不能缺少女主人，只好休了她，立卞夫人做正妻。

卞夫人为妾时，丁夫人对她并不好；但成为正妻后，卞夫人不计前嫌，厚待丁夫人。她常常派人给丁夫人送东西；曹操出征时，还把丁夫人接回来，依然以正妻的礼仪对待，直到对方自己都觉得不好意思，说："我是曹君废掉的人，夫人何必如此呢？"丁夫人去世时，曹操痛心疾首，卞夫人理解丈夫的放不下，亲自操办丧事，隆重将丁夫人安葬在许都城南。

宽厚的女人，即便对待竞争者，也光明磊落、坦荡平和。

曹操的25个儿子中，曹丕、曹彰、曹植、曹熊是卞夫人亲生，她还尽心抚养了其他失去母亲的孩子。坦率地说，曹操的儿子大多文才武略出众，除了遗传基因，更离不开卞夫人的教育，她的丈夫曹操和两个亲生儿子曹丕、曹植因为文学才华并称"三曹"，后世也只有苏洵、苏轼和苏辙父子三人并称"三苏"，能够比肩。

曹丕被确定为世子继承人后，很多大臣巴结祝贺，卞夫人没有流露出半点得意，她非常平静地对拍马屁的人说："曹丕不过因为年龄最大有幸被立为世子，我只求魏王不要责怪我没有教育好儿子。"曹操听到这件事，心中叹服，感慨："恼怒不形于色，狂喜不失节操，太难得了。"

不识好歹的男人终究是少数，绝大多数男人，都很清楚枕边人的优点和缺点，明白什么样的女人才适合真心真意相伴一生。

3

卞夫人很朴素，她在宫中带头提倡节俭的风气，平时只穿粗布的衣服，房间从来不摆珠宝玉石。甚至连曹操都觉得她太节俭了，于是拿了几对名贵耳环让她挑选，卞夫人选了其中成色中等的一对戴上。

曹操好奇地询问原因，卞夫人诚实回答："如果我选最好的，会被认为贪心；如果选最差的，会被说成虚伪。所以，我选中等的，既符合本性，也省去别人的口舌。"

这种夫妻间的坦率和对于人性的洞察，让曹操对妻子不只是赞赏，更是尊敬和爱护了。

魏国刚刚建立时，内外费用庞大，国家财力不足，已经成为太后的卞氏不仅把自己珍藏的金银器物全部送交国库，还主动降低伙食标准，为国家节省费用，对娘家人也严格要求。她的弟弟卞秉早年跟随曹操南征北战立下赫赫功劳，被封为昭烈将军和开阳侯，魏文帝曹丕专门为舅舅兴建府邸，落成时卞太后亲自前往祝贺，邀请亲朋好友聚餐，这本是个衣锦还乡值得炫耀和纪念的时刻，卞太后却特意要求务必降低餐饮规格，太后和随从仅吃粗米饭和蔬菜，酒肉一概免除。

她经常告诫娘家人："我跟随武皇帝40多年，生性节俭，此生永不会奢侈。请你们像我一样，更不要指望我特别给家人赏赐。"

刘备对待妻子的态度是："兄弟如手足，妻子如衣服。"他的太太中最著名的是孙权的妹妹孙夫人。刘备娶孙夫人时49岁，孙夫人的年龄一般认为不会超过20岁。她勇猛好武、骄傲跋扈，有一支配备高端武器的女子侍卫队，面对这样一位背景深厚、性格刚烈的夫人，刘备内心五味杂陈。这段婚姻自始至终都笼罩在集团利益博弈的阴影中，几乎没有任何恩爱。刘备每次在妻子持刀卫队的注目下进入卧房，心中都恐惧不安。

孙夫人骄横难管，刘备无奈中特地选派稳重的大将赵云来掌管自家内务。夫妻关系最紧张的时候，孙夫人甚至另外修建了自己的住所，公开夫妻分居，她在丈夫和哥哥之间，果断地抛弃刘备。孙权派人接她回吴国，她不仅不打招呼，甚至企图偷偷将刘备的亲生儿子刘禅带走，两人的婚姻关系最终随着吴、蜀两国的利益纷争而土崩瓦解。

孙权的潘皇后由于生了最小的儿子孙亮而得宠。她娇媚可爱，却表里不一，孙权病重时，她忙着向智囊团请教汉朝吕后专权的手段，幻想学习前辈使东吴变成潘氏的天下。孙权弥留之际，她喜形于色，只等丈夫去世接管政权，却没有想到乐极生悲，自己也病倒了。由于平日里潘皇后对待宫女非常苛刻，担心报复的宫女们居然在孙权死后勒死了潘皇后。

男人的妻子，其实是他自己的缩影。看男人的实力，可以看他的兄弟；看男人的档次，可以看他的对手；看男人的底牌，其实可以看他的妻子。

底牌好的男人，命运都不差。相反，古今中外，对妻子特别恶劣的男人，从概率上说，取得的成就远远小于善待妻子的男人。

毕竟，一屋不扫何以扫天下？修身、齐家、治国、平天下的先后顺序很难打乱，无法善待身边人，没有能力选择适合自己的妻子，做不好身边的小事，天下大事又有几件可以轻易摆平？

曹操的妻子，无论卞夫人还是丁夫人，从不虚情假意巧言令色，她们都非常有自己的原则，即便面对最有权势的男人也始终保持本色，曹操能欣赏这样的夫人，本身就是眼力。

武宣皇后卞氏71岁去世，与曹操合葬于高陵。

其实，大多男人都懂得，妻子是自己最坚定的同盟和底牌，在夫妻日积月累的相处中，妻子的心性和水平究竟怎样，聪明的丈夫心似明镜。

气场关键词：自己人效应

所谓"自己人效应"，是能够让对方把你归于同一类型，从而接受你的观点和态度，保持共同的价值观，结成紧密的共同体，因为几乎所有群体都对"自己人"所说的话更信赖，更容易接受。

具备白色"好人缘"气场的女性，不是呼朋唤友、请客吃饭、聊天八卦，那只是表面功夫，在关键时刻并不牢靠，深层的好人缘气场在于同理心带来的"自己人效应"。

曹操不是一个随和的人，他有雄才大略的 A 面，也有残暴凶狠的 B 面；曹操周围的人也不好相处，15 位妻妾，32 个子女，人多口杂；同时，曹操手下精兵良将众多，乱世里人人自危，各有所图。卞夫人却能用简单的策略应对这些复杂的关系，与人相处融洽，她知道跟什么样的人该说怎样的话，而且总能站在对方的角度把话说到位。

丈夫带兵打仗生死未卜，手下人打算散伙，她用深思熟虑后的简朴语言稳定动摇的军心；面对情敌丁夫人，她宽容大度，以礼相待；她生活朴素不铺张，国家财力紧张时，她以身作则把金银首饰交给国库，从不利用特权为娘家人谋私利。

卞夫人得体的言行举止，仅仅凭几点人际关系技巧，或者只有一颗权谋的心是做不到的，只有发自内心把丈夫看作是自己人，对身边人的困难和问题感同身受，才能从根本上获得认可和信赖。

如果彼此信任，都把对方看作自己人，那么一方就更容易接受另一方的建议和观点，也更容易满足对方提出的要求；即便是同样一个观点，如果出自自己讨厌的人之口，人们就会本能地产生抗拒心理，就像俗话说的："是自己人，什么都好说；不是自己人，一切按规矩来。"

怎样才能达成"自己人效应"呢？

第一，强调双方一致的领域。比如利益、性格、背景、经历等方面的共同点，以"共同"拉近距离。

第二，努力让双方处于平等的位置，用尊重和平视获得对方的信赖。人际交往的过程实际上是角色互动，假如经常摆出居高临下的姿态教训别人，那就"互动"不起来，很难让人喜欢。

第三，拥有良好的个性品质。心理学研究表明：具备开朗、坦率、大度、正直、实在等良好个性的人，人际影响力比较强；反之，傲慢、以自我为中心、言行不一、欺上瞒下、嫉贤妒能、斤斤计较等不良个性，严重降低个人影响力。而在所有特质中，评价最高的是真诚，评价最低的是虚伪。

第四，给人以"可信度"。说出的话让人感到在行、中肯和悦耳，其中"中肯"最重要，"在行"其次，但千万不能小看"悦耳"，"刀子嘴豆腐心"可不是优点，把"忠言"说得不刺耳才能增强信息传递的效力。

第五，对"别人"感兴趣。纽约电话公司曾经做过调查：在电话中哪一个词出现得最多？结果，在500个电话谈话中使用了3950次的词是第一人称的"我"。这说明在人际关系中，人们都有"想使别人对我感兴趣"的心理趋向，一旦接收到你对她的关注度，她对你的认同感明显提升。

拥有白色"好人缘"气场的女性，能够迅速把对方拉进"自己人"的行列，再难相处的人，一旦成为"自己人"，也会变得同心同德，曹操和卞夫人就是一对典型。

长孙无垢：零差评是怎样炼成的

1

假如评选最溺爱儿女的帝王，李世民至少可以进入前三，他有一封著名的书法作品《两度帖》，是在远征高句丽的途中，写给儿子李治的家信：

两度得大内书，不见奴表，耶耶忌欲恒死。少时间忽得奴手书，报娘子患，忧惶一时顿解，欲似死而更生。今日已后，但头风发，信便即报耶耶。若少有患疾，即一一具报，今得辽东消息，录状送，忆奴欲死，不知何计使还具。耶耶，敕。

假如翻译成现代文，这封信的画风如下：

两次收到宫里的信，就是没有你的，老爸真是担心得要死！这次突然收到你的信，居然说你老婆病了，我呢，这才放心一点，毕竟，有消息总比杳无音信强，简直就是死而复生一般啊！从今往后，如果你头风发作，一定要立刻写信告诉老爸，即使再小的病，也要马上写信来，晓得啦？目前辽东的情况，抄送一份给你，老爸想你想得死去活来，却不知道什么时候才能回去见你。

老爸亲笔

亲亲我的宝贝

是不是很分裂？

这还是那个发动玄武门政变，开创贞观之治的英武帝王唐太宗吗？李治，小名雉奴，是唐太宗和长孙皇后的儿子，也是武则天的老公。母亲去世后，他与妹妹晋阳公主一起被父亲李世民带在身边亲自抚养长大，皇帝自己当奶爸，是从未有过的先例，因为爱妻子，所以爱她留下的孩子。

中国历史上有传可查的皇后有400多位，假如选择一位作为行为楷模，毫无疑问，只能是长孙皇后。

她出生于公元601年，小名"观音婢"，大名没有确切记载，传说叫"长孙无垢"。父亲长孙晟是王族后代，隋朝著名的军事家和外交家，曾任右骁卫将军，他一次弯弓能射落两只大雕，让突厥大汗钦佩不已。他提出"远交而近攻，离强而合弱"的政策，几乎让称霸大漠多年的突厥土崩瓦解，为中原解除了来自北方的威胁。

皇后的母亲高氏，是北齐乐安王高劢的女儿、长孙晟的续弦妻子。

长孙皇后的父母都有王族血统，她成长环境优越，知书达理，尤其喜欢读《史记》之类的历史典籍，待人接物礼貌周到，是父母的掌上明珠。

很不幸，父亲长孙晟在她九岁时去世，同父异母的哥哥长孙无宪把继母和异母弟妹赶出家门，母亲带着兄妹二人投奔舅父高士廉，开始了寄人篱下的生活。

这段变故是长孙氏人生第一次历练，由高到低的落差，让她学会了等待和忍耐，学会了察言观色，为她在日后纷乱的局面中应对自如做了铺垫。

的确，谁的人生都没有白走的路。

舅父高士廉非常疼爱这个外甥女，长孙氏与亲哥哥长孙无忌也感情深厚，她在新环境中并不缺爱，所以，她身上从来没有因为亲情缺失而带来的安全感不足、多疑和猜忌，她一直是个非常敞亮的女子。

舅父被史书形容为"少有器局，颇涉文史"，家人的格局成就她非凡的眼光，也为她挑选了杰出的夫婿，公元613年，13岁的长孙氏嫁给15岁的李世民，开始了23年的风雨相伴。

可是，长孙无宪在妹妹出嫁时依旧拒不接纳，婚后的长孙氏只能以舅舅的家为"娘家"，她每次回娘家去的都是高府，母亲的家族成为她坚实的倚靠。

嫁入夫家后，形势依然复杂。

丈夫李世民是家中的次子，最疼爱他的母亲窦氏在他结婚之前已经去世。父亲李渊在公元618年称帝建立唐朝之后，李氏家族兄弟的斗争达到白热化。唐高祖李渊一共有22个儿子，原配窦氏生了其中最有才干的四个：太子李建成、秦王李世民、早逝的卫王李玄霸、齐王李元吉。

长孙氏非常了解丈夫李世民，他出身优越，很早开始戎马生涯，性格中带着强烈的尚武精神和果断刚毅的秉性。他有大智慧却个性张扬，英勇过人却韧性不足，无论驾驭大臣，还是处理与父亲、太子和后宫的关系，都容易冲动而忽略细节，自己应该为他查遗补漏。

2

起初，李世民在皇位的竞争中并不占优势。即便唐初的开国元勋、文臣武将很多跟随他打天下，但太子李建成才是名正言顺的继承人，而功高盖主的李世民威胁太大。父亲李渊在兄弟争位的斗争中，基本站在李建成一派，倾向于通过压制李世民维护长子继承皇位的传统宗法原则。此外，太子还有个实力助攻手，弟弟齐王李元吉。

于是，长孙氏发挥了自己独特的优势。

李世民强硬的个性决定了他不会刻意顺从父亲，以承欢膝下的温情柔化父子关系，这个重担就落在了妻子长孙氏身上。她充分发挥自己身为女眷的优势，时常进宫侍奉公公李渊与后宫嫔妃，尽力弥补彼此的嫌隙。李渊也非常喜欢这个善解人意的儿媳，这无形中化解了不少危机。

太子在后宫拉拢得宠于李渊的尹德妃和张婕好，以集中取胜；长孙氏则广泛交好于级别略低的妃嫔和宫人，以量多占上风，两种不同的策略势均力敌。

玄武门之变前夕，长孙氏还为丈夫秘密调查了李渊当天身边的侍卫状况和行走路线，甚至，她一改柔弱之姿，陪伴在李世民身边，亲自为将士分发盔甲，鼓励士气。

玄武门之变，李世民大胜。

公元626年，28岁的李世民登基称帝，13天后，他册封自己的结发妻子长孙氏为皇后，共同开启了贞观之治的盛世强音。长孙皇后对于身份的转变有一份难得的清醒，她非常清楚在"皇后"这个新的角色中，自己不仅是妻子，更是皇帝的左膀右臂、太子的生母和天下女子的榜样。

她无法局限于男女之情中你侬我侬的"小爱"，而是尽心协助李世民治理天下，希望长孙家族能够善始善终，不像历史上那些专权外戚一般下场凄凉，她做的第一件事，是劝说亲哥哥长孙无忌辞去高官厚禄。

唐太宗极其厚待这位大舅哥。

他与长孙无忌不仅自幼交好，而且患难与共，更何况还有长孙皇后的至亲关系，他一即帝位，便封长孙无忌为左武侯大将军，后来又加封齐国公，食实封1300户，这是什么概念？

当时，食实封是指受封爵，并且可以实际享用封户租赋的制度，皇族亲王的食实封还不超过1000户，公主只有300至600户，长孙无忌却大大超过这个标准，他的保底收入折算成现在的价值，大约是年薪人民币1089万元，月薪90多万。

如果是其他女子，皇帝如此厚待自己家人，早已欣喜不已，但长孙皇后却说："妾居后宫之首，全家已是尊贵至极，实在不愿让兄弟子侄再居显要，历史上外戚弄权的例子太多。"

长孙兄妹轮番苦求请辞，李世民无奈，最终改授长孙无忌为"开府仪同三司"，这是一个位高却没有实权的官职，但长孙皇后依然对自己娘家人位列三公而不安，恳请舅父高士廉也向太宗请辞。

她唯一一次替自己娘家人求情，居然是请求太宗放过慢待她的异母哥哥长孙无宪。他参与谋反酿成大错，事发后被判斩首示众。长孙皇后对丈夫哭着说："兄长谋反，死有余辜，但是他当年对我不好的事情天下皆知，如今处死他，外人一定以为我趁机报复哥哥，这对皇上的名声也是莫大的拖累。"

太宗确实恼怒长孙无宪早年对妻子的恶行，更厌恶他谋逆的死罪，但依旧看在皇后的面子上保留了他的性命。

长孙皇后十分克制，或许她早已看透盛极必衰，能抗拒权势诱惑的人凤毛麟角，与其在权力中心膨胀，被嫉恨、诋毁和打压，不如长久的平安更踏实，她是少有不为自己娘家谋富贵的皇后。

可是，谁说这不是更高明的保护呢？

只可惜，长孙无忌没有遵从妹妹的建议，一直身居高位，最终在是否立武则天当皇后的问题上树敌，被陷害自缢，家产全部抄没，子孙流放岭南为奴婢。

这是一段遗憾的后话。

3

长孙皇后有一套独特的处理丈夫情绪的方法，最重要的原则是绝不在对方愤怒时火上浇油，劝说争辩。她善于避开风口，平静后再和对方讲道理。

她对于唐太宗的心理了如指掌，从不说假话，但是，也不会把所有真相和盘托出，所以，唐太宗最听得进长孙皇后的规劝和建议。

有一次，他非常喜欢的一匹骏马无缘无故突然死了，他大发雷霆，当即要处死养马的宫人，现场没人敢劝。

长孙皇后听说之后对他讲了一个故事——

"从前，齐景公和您一样因为马被养死了，要杀养马人，晏子当着齐景公的面列出养马人三大罪状，说：你把马养死了，这是第一条不可赦的大罪；你养死了马，还惹得国君大怒杀人，老百姓知道后，一定痛恨国君残暴，这是第二条大罪；其他诸侯国听说后，觉得我们国君凶暴残忍不被爱戴，看不起齐国，影响齐国的名声，这是第三条大罪。

"齐景公听晏子说了这三条所谓的大罪，就饶恕了养马人，而陛下您也读过这个故事，难道忘了吗？"

唐太宗听完皇后的话，怒火很快平息，宽恕了养马的官人，还对大臣房玄龄说：皇后用平常故事劝我，润物无声，我很容易接受。

名臣魏征性格耿直，为国着想，说话却不好听，唐太宗把他比作自己的一面镜子，但"镜子"却经常让他下不了台面。

公元633年，李世民和长孙皇后疼爱的女儿长乐公主出嫁，皇帝下令准备丰厚的嫁妆，甚至比自己的妹妹永嘉公主当年结婚还要多一倍。平心而论，这是皇帝的私事，而且贞观之治时期的国力比从前强盛很多，这个安排并不过分，但魏征却坚决反对："陛下，长乐公主的嫁妆怎么能超过自己的姑姑永嘉公主呢？这不合礼法。"

一向宠爱儿女的太宗非常生气，长孙皇后反而劝慰他："我知道陛下器重魏征，从前不明白原因，今天才知道魏征果然是良臣。你我是夫妻，我有时说话还看你脸色顾你面子；但魏征却能直面你的威仪，从大处着眼直言进谏，这份品行难能可贵。"

之后，长孙皇后又下旨赏赐魏征20万钱与400匹绢，特意嘱咐："希望您一直保持直谏之心，不对的就直说，不要因为君臣之礼而有所讳言。"

很多人认为长孙皇后善于劝谏是情商高，但仔细阅读史书每一处对她言行的记载之后，会发现，她能良言一句三冬暖，更多源于内心的善意。尤其，一个身处权力中心的女子，依然保持善良的出发点和良好的教养，本身就是一种自信：对自己、对丈夫、对所处的时代不焦虑。

历史上，多少地位尊崇的女子都充满"害怕失去"和"想要更多"的贪心，反而在手伸得太长之后，失去一切。

长孙皇后对太上皇李渊的照顾无微不至。

她很清楚玄武门之变对自己的公公打击巨大，三个最看重的儿子互相残杀，哪个父亲都受不了这种刺激。她恭敬而细心地侍奉李渊，每天早晚必然请安，陪他说话逗他开心，交代宫女调节老人的起居生活，比普通人家的儿媳妇更孝顺周到。

对待后宫妃嫔，长孙皇后随和亲切，如果有妃子宫人生病，立即派人送药，甚至亲自探望安慰。太宗的第六个女儿豫章公主出生时，母亲难产而死，皇后把她带到自己身边亲自抚养，犹如亲生。

在皇后以身作则的操持下，后宫风气清正，融洽而充满温情。

4

长孙皇后与太宗一共生育了三个皇子和四个公主，这几个孩子各有过人之处：

长子李承乾从小天资聪颖，能写三页纸的治国策略，刚满八岁就被册封为太子；

第四子李泰写得一笔好字，在府第设置了文学馆招才引士；

第九子李治性情宽厚，极其孝顺；

第五女长乐公主温婉贤淑，下嫁长孙无忌的儿子长孙冲；

第十六女城阳公主，她的儿子薛绍后来成为武则天的女儿太平公主的第一任丈夫；

第十九女晋阳公主，是唐太宗亲自抚养也是最钟爱的小女儿，她能写一笔和父亲一模一样的书法，让人难辨真假；

最小的女儿新城公主，和哥哥李治感情深厚，她中年去世后，心疼妹妹的唐高宗李治悲痛不能接受，居然要求用皇后的规格安葬自己的妹妹，整个唐朝只有这一次特例。

在玄武门之变兄弟相残的阴影下，唐太宗对自己的家庭亲子关系格外重视，尤其宝贝长孙皇后所生的子女。只是，皇族的亲情夹杂了太多权力纷争和自保，普通人的天伦之乐，却是皇家的奢侈。

太子李承乾不满父亲疼爱弟弟李泰，腿脚受伤也让他自卑，在自惭形秽和强烈的危机感压力下，他居然谋反。即便犯下这样的大罪，太宗也不愿杀了这个儿子，他故意问朝臣："该怎样安置太子呢？"

大臣谁不明白皇帝的爱子之心，众口一词回答："您这样的慈父，太子应该安享天年。"这才合了太宗的心意，谋反案的从犯全部被赐死，主犯李承乾却保住了性命。

为了保证李承乾和李泰的安全，太宗反复思考之后，决定立厚道的李治为太子，因为只有李治继位，才不会杀害李承乾和李泰中的任何一人，假如立李泰，李承乾必死无疑。这个做法看上去明智，实际只是为了保证亲兄弟相互不下杀手，难道不心酸吗？

公元636年，长孙皇后因病去世。

临终前，她对丈夫说：“我的宗族因为我嫁给皇帝而富贵，他们位居高官并没有特殊功劳，这太危险，请你为了长孙家族长远考虑，不要让他们担任重要职位。而我自己，活着无益于人，死后更不能劳师动众，把我薄葬就好。”

弥留之际，她还记得劝皇帝把因政见不和罢官回家的房玄龄召回来：“希望陛下能够一直亲君子、远小人，重用魏征、房玄龄这样的忠臣。你是勤政爱民的君王，可惜我不能继续陪你走下去，我死后，不要让孩子来看我，让他们徒增伤悲。”

太宗泪流满面，泣不成声，妻子直到去世都没有为自己求过私利。

在当时“夫不祭妻”的年代，长孙皇后入葬昭陵，太宗亲自撰写碑文，为了缓解追忆之苦，还在宫中建起高楼，每日眺望妻子的陵墓，他甚至对大臣说：“我怎能不知道生死有命，只是想到失去贤妻良佐，实在克制不住伤心。”

上苑杏花朝日明，兰闺艳妾动春情。
井上新桃偷面色，檐边嫩柳学身轻。
花中来去看舞蝶，树上长短听啼莺。
林下何须远借问，出众风流旧有名。

长孙皇后这首《春游曲》写得明艳俏皮，仿佛重回少年伴侣的青春岁月，她无意中流露的这份少女心，犹如从端庄贤惠、处变不惊的盔甲中透出一抹灵动的淡粉色。

抛却身份的约束和权力的重担，她与李世民也是一对融洽恩爱的普通夫妻，她欣赏丈夫的胆识与才华，小心翼翼呵护他难得的"少年气"，在金戈铁马中依旧为他保留真诚、踏实的家庭氛围，这或许才是第一皇后最真实的心意。

气场关键词：超级联系人

社会学家曾对十万多名游戏行业从业者进行过长达 30 年的跟踪研究，他们发现，取得巨大成功的开发团队通常由若干个松散的小团队组成。每一个团队的创作理念不同，所以产生不同意见时，谁都不会轻易妥协。这个节骨眼上，就需要一些"超级联系人"游走于小团队之间，起到桥梁沟通的作用。

"超级联系人"通常是所有团队的"自己人"，他能够增强团队凝聚力、建立彼此的信任感，让艰难的任务变得可执行和推进。

从这个角度，我们再来看看长孙皇后。

在中国历史上有传可查的 400 多位皇后当中，她是最受好评的一位。长孙皇后的一生，就像她传说中的名字"无垢"，是一个黑料绝缘体质的女人。但凡黑料，往往是反对者或者竞争者为你量身打造，而帝王们成就的事业虽然伟岸，但也是刀尖舔血，公开和私下的反对者众多，再加上千年历史的反复评论，一点差评都不留下来的人太少了。

所以，长孙皇后无论人品，还是人脉，必定有过人之处。

白色"好人缘"气场有一定的局限性，仅仅拥有"好人缘"是不够的，很容易成为"老好人"和没有原则的"滥好人"。"好人脉"才是优良资源，经由高质量的人际关系而形成关键时刻拔刀相助的人际脉络。

长孙皇后弥补了李世民强硬的个性，充当丈夫和公公李渊之间的纽带，即便在家庭关系紧张到一触即发的时候，她也能缓和矛盾，为丈夫打听到有效信息；李世民照看不到的空白地带，她能够迅速补位，比如她广泛交好于级别略低的妃嫔和宫人，确保丈夫人气不输李建成、李元吉；玄武门之变前夕，她亲自为将士们分发盔甲鼓舞士气。

"男主外、女主内"是中国传统夫妻关系的模式。李世民和长孙皇后的分工尤其明确，李世民专注国家政务，长孙皇后替他疏通和打理各种层级的人脉关系，她尤其善于结交关键人物，是一位游走在不同圈层之间的"超级联系人"。

拥有长孙皇后这样的"超级联系人"，李世民与父亲李渊之间、和后宫妃嫔之间、和重要大臣之间，甚至和儿女之间，都架起了无障碍沟通的桥梁，长孙皇后有时充当"调解员"，有时担任"加速器"，有时扮演"和事佬"，更是丈夫的知己。

在人际关系中，不是认识的人越多越好，而是有能力成为各种关系的联结者，这才是"好人缘"的核心。假如你认识来自不同领域的几位朋友，他们彼此互不相识，而你则是这个网络的中心，当你把他们相互介绍给对方时，就形成了一种人脉蜂窝结构，不仅促进其他人的资源共享，更有助于扩大你的人际影响力。

所以，学会当个人际关系中的"超级联系人"，是拥有白色"好人缘"气场的关键，这也是为什么中国人喜欢组局的原因——圈子和圈子之间的联结，会带来不同的信息和更广阔的视野，也带来更多机会。假如圈子中最具权威感的人对你表达了认可，你相当于获得了这个圈层的入场券和好评表——零差评不代表所有人的认可，但是代表关键人物的赞赏，关键人物为你树立了评分标准，后来者无法轻易推翻，于是你成为这个领域零差评的女人。

这就是长孙皇后的方法。

王喜姐：警惕"残暴的老好人"

1

定陵是明代第13位皇帝明神宗朱翊钧的陵墓，他在位时年号叫"万历"。

定陵出土了中国历史上最奢华的皇后凤冠，其中有件六龙三凤冠，六条龙均由金丝编织而成，栩栩如生，三只用翠鸟羽毛粘贴的凤凰仿佛要腾空而飞，龙与凤口中都衔着珠宝，在珍珠宝石缀编的牡丹花、如意云、花树之间穿行。凤冠后面的六扇博鬓左右分开。博鬓是古代女性的一种发式，根据《三才图会》记载，这种发式下垂过耳，鬓上饰有花钿、翠叶之类的装饰物，始于隋朝，在唐、宋、明各朝的贵族女子中都很流行。

这顶凤冠属于明神宗的"孝端显皇后"王喜姐，总共装饰了大型红宝石和蓝宝石128块，各种珍珠5449颗，重量将近2.5公斤。

为了戴上这顶错彩镂金的皇冠，你愿意付出多少代价呢？

拥有一个连房事次数和地点都必须汇报的强悍皇太后婆婆？

直面一位对自己感情稀薄冷淡的皇帝丈夫？

面对一个特别得老公欢心、特别能生孩子、特别长寿，总想对你取而代之的情敌贵妃？

是的，如果打算戴上这顶凤冠，就必须忍耐以上所有糟心事，孝端显皇后王喜姐，顺从隐忍42年，成为中国上下五千年在后位上端坐时间最久的皇后。

与明朝大多数皇后一样，王喜姐出身平凡，父亲王伟只是工部所属的文思院副使，正九品官员。公元1577年李太后下诏礼部为明神宗朱翊钧挑选皇后，13岁的王喜姐被选中，并在第二年与刚满16岁的皇帝举行婚礼，内阁首辅张居正曾忍不住向太后上书质疑，皇后的年龄是否太小？

挑选幼龄皇后，是皇帝生母李太后的意见。她当年从王府侍妾做起，一步一个脚印走到贵妃的位置，儿子被立为皇太子，继位之后自己当上皇太后。悠长的宫廷之路锻炼出她老辣的眼光和敏锐的政治觉悟，在儿子神宗年幼时放权改革家张居正，为积弊深厚的明朝迎来一次短暂的复兴。

如此强势的婆婆身边，怎么能容纳下一个有主见、思想奔腾的剽悍儿媳？年少意味着单纯、顺从，便于培养和管理，这才是李太后最重视的皇后特质。

李太后是位妥妥的虎妈，对十岁继承皇位的长子朱翊钧管教严格。

她每日五更天，相当于现在的凌晨三点到五点之间，准点来到儿子房门口呼唤："皇儿快起，皇儿快起！"不叫醒决不罢休。然后让侍从拉着皇帝坐起，取水亲自给儿子洗脸，等皇帝完全清醒过来，再搀着他登辇而出，一直送到大殿上朝。这种一气呵成、多年如一日的督促，使朱翊钧从此养成不贪睡的习惯，搁在当下，又是个"比你出身好却比你更努力"的励志范本。

李太后每天给儿子"检查作业"，要求他复述老师讲授的内容，直到听清楚、听满意为止，假如皇帝成绩不达标或者犯错，她比普通人家的母亲更为严厉，不惜让儿子长时间罚跪。有一次，明神宗在西城曲宴上喝多了酒，命令内侍唱新曲，内侍推辞说不会，皇帝便取剑要杀人，幸亏左右劝解才开玩笑似的割掉内侍的头发作罢。结果，虎妈李太后第二天听说这件事，立即传话给宰辅张居正，让他峻厉劝谏，并要求他为明神宗起草"罪己御札"，要儿子进行深刻的自我反省。

以上还不算完，极其强烈的仪式感结束后，李太后又将皇帝召来罚跪，亲自一一列举他的过错，厉声威胁如果他如此不成器，干脆废掉，重新立他的弟弟潞王朱翊镠当皇帝。一国之君被吓得痛哭流涕，跪求改过自新，这才真正翻了篇。

尤其，李太后为了防止儿子"早恋"，做出不遗余力的努力，她规定30岁以下的宫女都不许在皇帝身边侍候。

出于防微杜渐，她一直与儿子同住在乾清宫暖阁，暖阁里摆放着两张床，母子对榻而寝，直到皇帝大婚她才返回慈宁宫。走之前不忘给张居正下道慈谕："我不能再早晚照护皇上，担心皇帝不能如从前一般好学，请先生您接受托付，每天早晚对皇上有所教诲，不负先帝信赖。"

又亲自给皇帝写了慈谕："儿子啊，自你大婚后，我就得搬回慈宁宫。妈妈不能贴心照顾你的饮食起居，你要万分涵养、千般自律，听从身边老成人的劝导。"

李太后还同时给内夫人（乾清宫宫女领班）、司礼监太监等下了谕旨，要求好好照顾辅佐皇帝。

远见卓识与控制欲都很强的李太后，把儿子培养得接近"妈宝男"，她选中的13岁小皇后王喜姐，是个怎样的女子呢？

2

能与"妈宝男"家庭和睦共处的姑娘，顺从听话是首要品质，王喜姐在这方面从未辜负过李太后的期望。明神宗曾经评价自己的妻子："中宫乃圣母选择，朕之元配。见今侍朕，同居一宫，就少有过失，岂不体悉优容？……迄年以来，稍稍悍戾不慈，朕每随事教训，务全妇道，中宫亦知改悟。"意思是我母亲为我挑选的这位皇后，我和她同屋而居却很少见她有过失。多年来她偶尔有点脾气，我就事论事要求她顾全女子的行为规范，她也肯听劝改正。

《明史》评价皇后"性端谨，以慈孝著称"。

王喜姐的确是位行事端庄、尽心尽力孝顺婆婆的乖巧媳妇，李太后对她很满意，深深感到宫廷经验丰富的自己，相当有必要给儿媳扶上马再送一程，于是，她一点都不见外地做了很多干涉。

年轻皇后的首要职责是生儿育女，在明末李长祥所著的《天问阁集》中，记载了宫女刘氏的见闻，其中提到王皇后侍寝的细节：

明神宗如果要临幸皇后，必须奏请皇太后下旨；

若在白天临幸皇后，在傍晚时必须奏告皇太后；

若在其他宫殿临幸皇后，则必定要文书答复。

王喜姐侍寝的一举一动都要向太后汇报，足以看出婆婆对她的重视和抱孙子的心愿多么强烈。普通人家的私房事，在帝王与皇后之间像例行公事，恨不得天下皆知，谁会顾及年轻皇后的羞怯呢？

或许是年龄太小，王喜姐婚后三年毫无动静，直到公元1581年，即大婚后的第三年才怀孕。李太后和神宗非常高兴，一方面分别下旨派遣内官到五台山和武当山为皇后祈嗣；另一方面，在皇后诞下皇长女之前四个月，李太后让儿子安排文书官传达了"博选淑女，以备侍御"的意见。

太后用意明显：皇后这么久才怀孕，而且孕期和产后长时间无法侍寝，皇帝子嗣单薄，必须马不停蹄地舒枝展叶。于是，神宗册封了九嫔，王喜姐未来最大的情敌、神宗一生最爱的女人——郑贵妃，这架宫斗中的战斗机，就此粉墨登场，她起初被封为淑嫔。

相比只生了皇长女，后来屡次流产，终生未能再育的王喜姐，郑贵妃无疑非常好命：第一，她深受神宗喜爱，不但不像别的妃嫔一样与皇帝说话时低首弯腰，反而敢公然抱住皇帝摸他的脑袋，这种看上去"大不敬"的亲昵，让从小被严厉管束的神宗极其受用；第二，她的子嗣运极佳，为神宗生下两子两女，不到三年就由淑嫔升为德妃，再升为贵妃。

公元1586年，当郑贵妃生下三皇子朱常洵时，神宗欢喜得手舞足蹈，比皇长子诞生还要兴高采烈，特意传旨户部："为了庆祝皇子诞生，宫中人人有赏，如果内库银两短缺，可以从户部取太仓银15万两！"

明朝中后期创作的小说《金瓶梅》中记载："大宅一所，坐落大街安庆坊，值银七百两，卖与王皇亲为业。"根据学者考证换算，那时的一两白银大约相当于今天的1000块钱，15万两白银就是1.5亿。

为了庆祝心爱的女人生儿子，神宗的确大手笔，但是，这还不足够。

几个月后，皇帝又进封郑贵妃为皇贵妃。在皇后仍然健在的条件下，这是他能给所爱女子最高的册封了，本身贵妃就已经非常尊贵，在郑贵妃之前，明朝一共只册封过16位贵妃，即便神宗的母亲李太后，当年也只是贵妃。

郑皇贵妃，相当于副职皇后，宠冠六宫。

3

郑皇贵妃的风光，反衬出皇后的朴素。面对这个子女傍身、丈夫疼爱、手段高明的竞争对手，王喜姐还能怎样？《明史》记载："郑贵妃颛宠，后不较也。"

王喜姐选择避开郑皇贵妃的锋芒，不与她争斗，让人情不自禁想起那首《寒山拾得忍耐歌》——

寒山问："世间有人谤我、欺我、辱我、笑我、轻我、贱我、恶我、骗我，该如何处之乎？"拾得答："只需忍他、让他、由他、避他、耐他、敬他、不要理他，再过几年，你且看他。"

黯淡的王皇后没有获得丈夫的疼爱，却以"不计较"的宽容赢得朝堂的尊敬。

公元1596年，是郑皇贵妃闹腾最激烈的时候，坊间传言乾清宫、坤宁宫遭遇火灾，神宗移居了毓德宫，身边有郑皇贵妃和其他嫔妃侍奉，唯独不见了皇后。

公元1600年，又传说王喜姐久病不起，身边只有寥寥几个宫人服侍，吃穿用度也被裁减过半，说不清是久病导致了抑郁，还是长期压抑愁闷地病倒了。

这些流言沸沸扬扬，皇长子的老师还从内侍探听到消息："郑皇贵妃一直琢磨着等皇后病逝，自己当上皇后，她的儿子顺理成章变成嫡长子，名正言顺地继承皇位。"

根据明朝"嫡长子继承制"，皇位继承顺序"有嫡子立嫡子，无嫡子立长子"，皇后所生的第一个儿子是理所当然的太子，而王皇后没有儿子，按照制度，应该立母亲出身低微的皇长子朱常洛为太子。支持皇长子的大臣担心皇后的处境，假如真有意外，郑皇贵妃就是皇后的不二人选，太子就是她的儿子，政治格局立刻翻盘，这是皇长子朱常洛的幕僚不愿发生的状况。于是，工科都给事中王德完干脆向神宗直谏：

"皇上，有人传说您苛待皇后。"

一句话说出众人的疑虑和神宗的心病，皇帝恼羞成怒下令抓捕王德完。其他大臣借机劝导，说京城十多年前就有传言，皇帝为了帮郑皇贵妃的儿子朱常洵谋取太子之位而轻慢皇后，如果皇帝暴怒惩罚进言的大臣，反而坐实了传言。

神宗不得不深思熟虑，理智与情感艰难博弈后回到正确的政治方向，他传旨：一则批评王德完不懂规矩，妄言是非；二则解释皇后一直和自己住在一起，为了辟谣，顺便大赞皇后务全妇道。

最重要的是，神宗很快为皇长子朱常洛举行了婚礼，立他为太子。

朝堂终于安顿下来。

这次由下而上的干涉，的确让神宗对王喜姐的态度有所改善。侍候婆婆尽职尽责的王皇后，照顾结发的丈夫更加无微不至。

公元1601年，39岁的神宗病倒，时常晕眩，有时甚至会昏厥。某日，他醒来时发觉自己枕靠在相伴了23年的王皇后臂弯中，妻子满脸担心，泪痕尤显；而郑皇贵妃却不知去哪里了，热热闹闹过着自己的日子。

或许被偏爱的总是有恃无恐，被冷落的总是给点阳光就感谢。两相对比，神宗不由得对王喜姐生出愧疚与尊敬，多年来，皇后怎会不愿亲近丈夫呢，无奈她的职责实在太多了。

在《天问阁集》中，宫女刘氏提到了皇后的工作量：忙碌到连皇太后都说王喜姐没时间，请皇帝临幸别的妃子去吧！

帝后之间那套烦琐的接待仪式，把夫妻的亲近感消耗殆尽。神宗临幸皇后，也要等到皇后下班，各宫妃嫔集结在坤宁官行礼，待奏乐后退下，到五鼓时再次来到官门前，皇后才有工夫起身梳妆等待丈夫。

又忙又麻烦，神宗当然去坤宁官越来越少。

假如没有王皇后管理后官庞杂事务，皇帝将增加多少琐碎的烦忧？

皇室是最大的豪门，皇后与妃嫔显著的不同在于，婚姻不是珠宝和礼服，不是享乐主义，不是争宠和固宠，而是勤恳躬亲临危受命，她得站成一棵树，支撑起皇家的后院，分担皇帝的忧患。

再灵动可人的女子，一旦坐到皇后的位置，总得收起娇憨无力，拿出正妻的担当。比起与妃嫔争宠，丈夫江山稳固才是她最大的成就；相较明艳照人，母仪天下的风范才是她最该有的胸襟。

皇后与皇帝，是夫妻，是幕僚，更是合伙人，掺杂了如此多的责任，又有多少闺房趣味可言？

王喜姐的职责是当好贤内助，为神宗分忧，而不是陪他玩乐。

神宗病时，王皇后忙于整理堆积如山的章奏公文，神宗提到哪一件，她便立即取来从不出错。最干练的秘书，也不过如此吧？

神宗当政时，由于援助朝鲜抵抗日本，还打过若干次仗，王皇后经常从后宫开支中节省费用赈济灾民，或者补充给士兵发军饷。最负责的管家，也就这个水准吧？

有些大臣直言进谏触怒皇帝，王皇后便迂回婉转地斡旋，保护他们免受惩罚。最贴心的副手，也就做到这些吧？

公元1596年，后宫李敬妃在生下皇七子之后不久去世，王皇后把李敬妃所生的皇六子朱常润与皇七子朱常瀛带到自己身边亲自抚养。两位皇子成年后被封为惠王和桂王，更不用说太子朱常洛多次遇险差点被废，王皇后屡次伸出援手。

无论神宗爱不爱王喜姐，她作为皇后，已经尽职尽责。

4

宋朝的文言传奇小说《流红记》写过一个浪漫的爱情故事。书生于祐在皇城宫墙外散步，无意间从御沟中捡到一片落叶，叶上题诗：

流水何太急，深宫尽日闲。

殷勤谢红叶，好去到人间。

于祐便在另一片红叶上题了两句："曾闻叶上题红怨，叶上题诗寄阿谁？"然后把叶子丢进御沟上游，让它流回宫中。多年后，于祐娶了宫里放出的宫女韩氏为妻，妻子惊讶地从书箱里发现题诗的红叶，居然是自己当年的手迹，而她事后在宫中也从御沟捡到答复的红叶，拿出一看，正是于祐所题。

两片红叶，一座宫城，成就了一对夫妻。

然而，这只是小说，现实却是一入宫门深似海。

王喜姐享尽荣华富贵、锦衣玉食，看似风光无限、众星捧月，却是如人饮水，冷暖自知。外表平和、情绪长年累月饱受压抑的皇后，在位时被她杖杀而死的宫人不下百人。她使用一种叫作"墩锁"的刑具，高约20厘米，在一尺见方的木箱上凿有四个洞，分别锁住手脚后让人坐也不能，站也不可，缓慢的折磨虽然没有血光四溅的皮肉之苦，却让人生不如死，耗尽元气。

这个苛刻扭曲的女人，与传说中尊老爱幼、温良贤淑的皇后判若两人。她从来没在皇宫里活得身手矫健、翻云覆雨，连惩罚别人用的都是悄然的折磨。她话极少，存在感极弱，或许长久的平安，原本就来自相对微弱的存在感。引人注目的女子通常"木秀于林，风必摧之"，又怎能端坐中宫42年，成为在位时间最长的皇后？

假如"幸福"太罕见，那么"平安"也很好了。

公元1620年4月，王喜姐安然去世，谥号孝端显皇后。

300余年后，定陵玄宫被打开，地宫深处潮湿霉烂的棺木让人质疑着生命曾经的鲜活，那些深爱过、痛恨过、被虚伪辜负过、被时间打捞过的辉煌，终究不过是一抔黄土。

唯有六龙三凤冠记录着王皇后曾经的腾达与落寞。

气场关键词：峰终定律

从表面上看，王喜姐是一个合群的人。

合群让她赢得了婆婆的信任和朝堂的尊重，可是为了合群，她付出的代价实在太多太大：面对强悍的婆婆，她听话顺从，连夫妻生活的一举一动都要向婆婆汇报；面对感情稀薄冷淡还兼有"妈宝男"特质的丈夫，她忍耐到连大臣们都看不下去，上书为她打抱不平；面对宫斗达人郑贵妃，她选择毫不计较，但是果真心里不难受吗？怎么可能！于是，久患成疾，委曲求全的结果是她自己病倒。

很多人对于"白色好人缘气场"存在误解，认为"好人缘"的具体表现就是"合群"，别人都说自己人不错，这也是王喜姐的主要目标和追求，合群之后至少不显得很突兀，不会特别得罪谁。但是，一生合群需要的耐力实在太大，普通人忍得了一时之气，又有几个人能受得住一生之憋屈？最终，王喜姐由于压抑过度，暗中走向了"合群"的反面，私下的她变得残忍扭曲，她亲手发明了那些有点变态的刑具，死在她指令中的人不下数百，相比早年的顺从，她晚年的残暴反而更让人印象深刻。

身为诺贝尔奖得主的心理学家丹尼尔·卡纳曼发现，人们对某种体验的记忆主要由两个因素决定：第一是高峰时的体验，第二是结束时的体验——无论这种体验是正向还是负向，这又被称为"峰终定律"。

从这个概念可以得出结论，我们对某件事情或某个人的印象，所能记住的大多只是在高峰和终点这两个关键时刻的感受，而在过程中，好与不好的比重以及时间长短，对整体印象基本没有影响。

因此，高峰时刻和终点时刻被称作"关键时刻"。如果在一段经历的高峰和结尾，你的体验是愉悦的，那么你对整个体验的感受就很正面，即使这次体验中总是出现很多痛苦。

这条定律为我们的人际关系提供一个很特别的启示：你不可能在所有时间里做到让所有人都满意，迎合所有人欢心，所以千万不必纠结，这并不会影响别人对你的判断，抓大放小，分清主次，才是既受欢迎又不委屈自己的关键。

假如某个人最初的选择是"必须合群"，那么中途只要有一次不合群的经历，就会成为其他人眼中负面的"高峰时刻"；假如忍受不了一辈子，晚年放飞自我随心所欲，那么别人只会记住你的"终点时刻"，而且无论哪一种，都有点类似于人设崩塌。

倒不是人类评判标准苛刻，而是大脑的思维习惯决定了感受的差异，所以，拥有"白色好人缘气场"的女人，首先是个性格乐观开朗的正常人，懂得合理表达反对、委屈、难过、受伤等不同情绪，而不是一味地憋屈和忍让。

毕竟，就算王喜姐那么能忍的人，到老了都再也忍不住，她用迁怒他人的极端方式表达了自己一生的委屈。

第四章
紫色"优雅"气场

紫色是变化之色，浅淡的紫色代表谦虚内敛，深邃的紫色代表巨大的意志力，对个人成就有深切渴望，但是，节奏感往往比较慢，容易错过最佳时机，天生的敏锐如果不加控制会导致情感的波动。

紫色自带高级感，能够非常自然地穿越过人群而显得特立独行，即便面临突发状况，依旧面不改色，情绪把控力很强，遇到权利被侵犯，也可以优雅地怼回去，维护自己权益的同时还不得罪人。

紫色气场的大局观让人在重大事件的选择中，重大场合的表现里，尽量少犯错误。

萧皇后：成年人最可贵的品质

1

唐初名臣魏征主持编撰的《隋书》一共只载录了两篇女性作者的文章，其中一篇名叫《述志赋》，从名称来看，这多么像西汉著名男性作家贾谊的《过秦论》《论积贮疏》《陈政事疏》等，很难想象出自女性之手。

"述志"这种表达自我志向的文本，放在中国古代男人身上很常见，女人述什么"志"呢？她们所有的抱负难道不该是嫁个好男人、儿女满堂吗？

尤其，这篇文章的作者是隋炀帝的萧皇后。

隋炀帝，传说中著名的暴君和亡国之君，他的皇后不是写两首哀怨小诗更符合常理吗？可是，萧皇后却洋洋洒洒作赋"述志"，她和隋炀帝之间，原本就并非"情"之一字可道尽。

公元567年，萧氏出生于兰陵萧家。萧氏家族是中国古代十大门阀之一，先后出了21位天子和40多位宰相，这十大家族包括：陇西李氏、沛县刘氏、陈郡谢氏、琅琊王氏、清河崔氏、范阳卢氏、荥阳郑氏、太原王氏、弘农杨氏和兰陵萧氏。在科举制度给平民参与政权开启通道之后，唐朝末年士族力量被完全消灭，这些高门大族才真正退出历史舞台，中国进入了平民社会。

在此之前，士族与平民之间泾渭分明，从不交往，绝不联姻。

萧氏的父亲是南北朝时期西梁孝明帝萧岿，生于帝王之家的她，幼年并未享受公主的待遇，反而被父母嫌弃，襁褓中便被抛到宫外。

都是生辰八字惹的祸。

她出生在二月，江南民俗认为二月出生的孩子不祥，即便公主也不例外。萧氏先被送给父亲的六弟、东平王萧岌收养。哪知萧岌夫妇收养她不满一年，竟然双双去世，仿佛真的印证了二月不吉的谶语。没有人想要不吉利的孩子，萧氏只能转由家境贫寒的舅父张轲收养，她即便贵为公主，也必须协理家务。

讽刺的是，败也八字，成也八字。

萧皇后的父亲萧岿文辞出色，著有《孝经》《周易义记》《大小乘幽微》等。只是在群雄并起的南北朝乱世，文人帝王气质微弱，缺乏一统天下的剽悍与霸气。他紧紧抱住北周政权这个靠山，相当识时务，拜见北周皇帝宇文邕时自称"臣"，酒席上宇文邕兴致大发弹起琵琶，他主动要求伴舞，说："陛下您都亲自弹琴了，臣怎敢不像百兽一样起舞呢？"

政局瞬息万变，公元581年，年幼的北周皇帝宇文阐被迫禅位给外公杨坚，结束南北朝的分裂，大一统的隋朝建立。杨坚执政初期有很多旧臣反对，萧岿的将帅也私下请求发兵为宇文家族尽节，但萧岿只想太平静好，坚决不准。杨坚于是对萧岿礼遇有加，打算给儿子杨广迎娶一位萧家女儿。这对于萧岿是天降之喜，儿女姻缘向来是政治联盟的一部分，萧家的女儿们排队等待嫁给新王朝的皇子。

谁知，联姻差点黄了。

萧家所有女儿的生辰八字和杨广都不合。萧岿这才想起自己还有一个被放养在外的女儿，赶紧让人把她从舅父张轲家迎回，再一占卜，算卦先生给出一个字：吉。

曾经寄人篱下备受冷眼的萧氏，瞬间逆袭成晋王杨广的正妻，一跃成为整个家族的祥瑞。

2

萧氏16岁嫁给14岁的杨广。

舅父张轲虽然贫寒，但极重视对她的教育，另有生父萧岿在文学和情商方面的天分遗传，她不仅博览群书能作辞文，性格也温柔婉顺，甚至精通占卜，能测凶吉，深得杨广喜欢。公元583年四月初二，隋文帝杨坚梦见一位天神下降，自陈投身于杨家，不久传来萧氏怀孕的消息，杨坚大喜。

公元584年，萧氏18岁，生下长子杨昭。

第二年，生育次子杨暕。

再一年，生下长女南阳公主。

三年诞育三个子女，萧氏还是丈夫唯一的妻子，这不能不说是皇族的奇迹，为什么呢？除了夫妻感情确实不错，也因为杨广的母亲独孤皇后最痛恨男人娶妾，屏蔽一切感情不忠之人。独孤皇后是隋文帝感情和事业最亲密的伴侣，对继承人的废立有生杀大权，而杨广的梦想是：取代哥哥太子杨勇，成为强盛的隋帝国未来的皇帝。按照中国古代"嫡长子继承制"，实现这个目标有相当大的困难，除非杨勇有大过错被废。

但是，杨广坚信自己能量满格，还有萧氏作为神助攻，为什么不争取呢？

隋炀帝杨广被描述成十恶不赦的暴君，但不可否认的是，他事业心极强，才情多面。

21岁指挥平陈战役，灭陈朝，结束了南北朝时期数百年的分裂局面；他在史书中被描写得荒淫无道，事实却是一生只有三个儿子，即便有其他妃嫔，也始终厚待正妻萧氏，而那么热爱长孙皇后的唐太宗，还有15位后妃、14个儿子、21个女儿；他修建大运河的确劳民伤财，却奠定了中国此后一千多年的政治和经济格局。

隋朝极度富庶，疆域共有190个郡、1255个县，人口4601万，而号称第一盛世的"贞观之治"，田地开垦量不到隋朝的三分之一，唐太宗时期的人口还不到隋炀帝当年的一半，隋朝灭亡20年之后，遗留下来的粮食布帛仍未用完。

杨广写得一手好诗，在中国诗歌史上独树一帜，且看他的《春江花月夜》："暮江平不动，春花满正开。流波将月去，潮水带星来。"

后来唐朝张若虚的名作《春江花月夜》，明显受到这首诗的影响。

再看他的《野望》："寒鸦飞数点，流水绕孤村。斜阳欲落处，一望黯消魂。"

是否想起"枯藤老树昏鸦，小桥流水人家，古道西风瘦马。夕阳西下，断肠人在天涯"？马致远的《天净沙·秋思》，也有从杨广诗句中得到的启发。

然而，历史的残酷在于：

亡国之君，多被毁誉；成王败寇，任人涂抹。

纵观杨广夺嫡，韬光养晦的程度罕见，基本做到一切按父母的意见执行：隋文帝和独孤皇后喜欢的行为，他立刻照办；他们厌弃的事情，他坚决不做。

这与太子杨勇形成鲜明对比。杨勇做事率性，性格与隋文帝夫妇相反。开国帝后经历乱世，深知太平来之不易，生活一向简朴。既是富二代又是官二代的杨勇，却对金钱不以为意，为给心爱的蜀铠装饰花纹而花费巨资，隋文帝得知后很不高兴，担心他沾惹奢侈风气，严厉训斥。

而杨广每次上朝，车马侍从极尽朴素，应对朝臣恭敬礼让，名声在隋文帝的儿子中最好。

杨勇爱好诗词歌赋，与当朝著名文人墨客来往密切，隋文帝不喜，认为这些过于风花雪月的行为不是帝王的襟怀；而杨广更爱诗文，音乐鉴赏水平高超，却能忍住从不碰家中乐器。

有一次，隋文帝到杨广家里，发现乐器琴弦断裂，蒙满灰尘，认为小儿子不爱花前月下的靡靡之音，高度赞赏。

杨广这场违反人性的行为艺术，得到妻子萧氏的配合。

早年坎坷的经历使萧氏对人情体察细致入微，她以极度的恭顺孝敬，打动了婆婆独孤皇后。皇后甚至当众流泪感叹："我的儿子太孝顺，听说我和皇上派内使来看他，早早就在家门前迎候；我的儿媳太值得怜爱，我安排婢女探望她，她常常与婢女同寝共食。"

接着，皇后立刻表达对大儿子的不悦："我那个大儿子，每天和小妾相对而坐，亲近小人！"

在杨广面前，杨勇再次成为反面案例。

独孤皇后最恨宠妾灭妻、无情无义，杨勇偏偏冷落母亲亲自为自己挑选的原配太子妃元氏，使她倍感孤寂，很快病逝，却宠爱侧妃云氏，再一次触犯母亲的底线。

杨广却对妻子始终如一，夫妻和美，完全符合独孤皇后的价值观。

萧氏不仅在生活中配合丈夫的表演，政治上也给予贴心支持。杨广打算与心腹郭衍商讨夺嫡计策，又怕无故往来招人非议，萧氏便对外称自己在为郭衍的妻子治病，让郭衍夫妇名正言顺来往晋王府。

隋文帝和独孤皇后特别宠爱萧氏的长子杨昭，把他接到身边抚养，开玩笑对孩子说："给你娶个媳妇好不好呀？"杨昭立刻哭着说："我不娶妻，就能一直守在至尊身边；娶了王妃就得搬出皇宫，我一想到要离开祖父母，就忍不住想哭。"

连萧氏的儿子都格外贴心，祖父母感动不已，亲情和政治的天平怎么可能不倾斜呢？

3

夫妻同心，其利断金。

公元600年，32岁的杨广蛰伏十几年终于被立为太子，萧氏成为太子妃。

公元604年，隋文帝杨坚驾崩于仁寿宫，杨广登基为隋炀帝，册立萧氏为皇后，并对妻子的家族大加封赏，不仅连续提拔有养育之恩的舅父张轲，赐皇后的姨妈为命妇，连表舅、表舅妈都沾光生活得锦衣玉食。

无论史书把杨广写得怎样尽失人心，他对萧皇后始终情谊深厚，他仅有三个儿子，两个是萧皇后所生；他无论去哪里，皇后总是跟随身边，从不缺席；兴致来时，他与皇后对饮，犹如朋友般谈笑风生；他爱听柔和的江南方言，来自南方的皇后正是一口吴侬软语。

他精通诗歌，尤其喜欢风雅典丽的文字，皇后的文采不逊于他，摘录《述志赋》中的几句："实庸薄之多幸，荷隆宠之嘉惠。赖天高而地厚，属王道之升平。均二仪之覆载，与日月而齐明。"

我平凡微弱却如此幸运，得到陛下无比眷顾的美好恩泽；仰赖着天高地阔的恩情，享受先王之道的盛世太平；让天覆地载的恩典广为布施，万物共享日月的灿烂光明。

成为皇后时，萧氏已经38岁，即便今天也不是最娇美青葱的年纪，难得她与杨广之间不仅有帝后之义，更有夫妻之情。

什么叫"夫妻"？百度百科的答案是：生理成熟的男人和女人以婚姻为纽带结为一体的各自以自己所能，无条件帮助和成就对方需要的家庭主要角色关系，男人叫丈夫，女人叫妻子。

所以夫妻关系的本质是个互助小组，一起达成共同目标，无论目标是相亲相爱、买房买车、生儿育女、孝敬父母这些小确幸，还是联合创业、功成名就，甚至共有天下这种大富贵，至少两个人得心往一处想。

就像隋炀帝和萧皇后，始终确信对方是最忠诚的同盟。

隋朝灭亡的原因，有人归结于隋炀帝狂热的个人英雄主义，在14年的帝王生涯中，修建大运河这样浩大的工程和远征高句丽这般庞大的战争，虽然"利在千秋"，却超出了当时百姓的承受能力，导致形势不可挽回。

他像末日狂欢一般开始最后的享乐，请萧皇后陪伴自己饮酒观星，自言自语："外面那么多人想除掉我，我就像被大隋灭掉的陈后主那样，而你就像陈朝的末代皇后沈婺华，还是喝酒吧！"于是开怀畅饮至大醉。

他也曾对着镜子自顾，回头对萧皇后说："这么好的脑袋，将来不知道被谁砍了去？"皇后觉得太不吉利，他却笑着说："贵贱和苦乐，都源于改朝换代，有什么值得伤感的！"

49岁的萧皇后望着丈夫，他就像不怕输的赌徒，当初压抑本性十几年，谁也不知道能否排除兄长杨勇成功登上帝位，但他却边等边忍边谋划，在他心底，至少是自信的；如今，眼看大厦将倾，他以江山为股本却输得精光，锐气已挫，干脆不再挣扎。

公元616年，杨广带领后妃、文武百官第三次下江都，宫女禀告萧皇后："我在外听说人人都想造反。"她说："你去奏报陛下。"

杨广听后大怒："这不是你该说的话！"将宫女处斩。

后来再有宫女奏报萧皇后："守卫们三三两两商议谋反。"她却说："大势已去，无法挽回，何必禀告呢？徒令陛下增添烦恼而已！"

她从不多言语，却半点不糊涂，心里已经打定主意：活着，我陪你到老；死去，我料理后事。

4

公元618年，江都政变，叛军宇文化及等冲入行宫。这位叛军首领，就是萧皇后唯一的女儿南阳公主驸马的亲哥哥。

杨广正与小儿子杨杲在一起。虽然不是亲生，但萧皇后对这个12岁的幼子视如己出，孩子乖巧懂事相貌俊美，背得出父亲杨广所有的诗词，爸爸生病吃不下饭，他就跟着一起不吃饭；嫡母萧皇后服药，他执意为母亲先行尝过；萧皇后要艾灸，他也想先为嫡母试过，皇后心疼不让试，他还不肯，疼爱孩子的皇后从此再也不艾灸。

这个并无过错的孩子被涌入宫殿的叛军吓坏了，躲在父亲身边一直哭泣，被叛军首领裴虔通命人手起刀落，当着杨广的面斩杀，鲜血喷溅了杨广一身。

在父亲面前杀死儿子的裴虔通，是杨广当晋王时的亲信，登基后待他向来不薄，于是，杨广反问杀气腾腾的叛将："我的确对不起天下百姓，可你们受了我封赏的荣华富贵，为什么这样做? 帝王有帝王的死法，不用动刀枪，给我鸩酒。"

部将借口没有准备毒酒，用杨广自己的练巾勒死了他。

杨广对自己的死从不意外，更没有像大多数亡国之君一般垂死挣扎，瑟瑟发抖。

52岁的萧皇后目睹这一切，她安静地为丈夫和儿子收尸，身边没有像样的棺材，只能和宫人拆掉床板，草草做了一口薄棺。

她的长子杨昭早逝。女儿南阳公主经历夫家叛变、丧父丧子之痛，出家与青灯古佛为伴。她的次子杨暕同样在叛乱中被杀，留下遗腹子杨政道。

在这场国破家亡中，如果她是脆弱的女人，如果她孤身一人，故事到这里也许已然收尾。但是，她是祖母，更是皇后和旗帜，她不倒，家族就有希望，于是她带着襁褓中的孙子流落到东突厥，建立起"后隋"政权。

或许是成王败寇任人污蔑，或许是流落的日子太过艰难，没人相信一个老年女人能独自生存于乱世，野史胡编乱造了许多香艳戏码：

比如她侍奉过六个男人，除了隋炀帝，还做过叛军宇文化及的淑妃、窦建德的宠妻、两位突厥番王的王妃，甚至勾搭上李世民，成了唐太宗的昭容。

这些胡诌，有点低估一名皇后的秉性。

由于亲弟弟萧瑀与唐太宗少年交好，在唐朝官至宰相，公元630年，64岁的萧皇后被迎回唐朝，受到唐太宗的礼遇。

公元647年，经历大起大落，困顿过、璀璨过、落魄过的萧皇后最终归于平静，终年81岁。

她去世后，唐太宗以皇后的礼仪将她与隋炀帝合葬。

2013年4月，扬州市邗江区西湖镇司徒村曹庄发现了这座合葬墓，考古部门运用3D扫描技术识别，墓志上已识读出的志文为："隋故炀帝墓志、惟隋大业十四年太岁……一日帝崩于扬州江都县……"

墓中两具遗骨，一个鉴定为50岁左右的男性，一个鉴定为56岁以上的女性。

这是隋炀帝和萧皇后最终的归宿。

气场关键词：心理斜坡

人在经受外界因素刺激后的情绪反应，可以分为不同的等级，等级越高，表示情绪越强烈。不同等级形成了类似于金字塔状的情感斜面，在心理学上称之为"心理斜坡"。

人的情绪具有两极性，比如爱和恨、欢乐和忧愁，每一种情绪都有与之相对立的另一种情绪。心理斜坡越大，越容易向相反的情绪转化，就好像这一刻还欢欣鼓舞，下一刻因为一件小事，心理状态立刻走向另一个极端，暴跳如雷。心理斜坡大的人通常情绪控制力不足，让人感到喜怒无常、不可捉摸。尤其在面对生活里的突发状况，心理斜坡更是需要克服和打破的情绪困境。

具备紫色"优雅"气场的女性，显著特征就是她的情绪非常平稳，"姿态好看"，此处的姿态不仅指仪容仪态，更包括在不同境遇中始终维持内心和平，以及行为抉择上的妥当。

萧皇后就是一个"姿态好看"的女人。

她生于帝王之家，却因为生辰八字不祥遭受原生家庭冷遇而被寄养到舅父家，即便寄人篱下她也不自弃，运用有限资源博览群书；嫁给隋炀帝之后，她恪守妻子职责，陪伴丈夫经历各种成败，既成功获取了皇后的位置，也承受了改朝换代和颠沛流离，最终获得新君唐太宗的礼遇。

她遇上的这些事，随便哪一件搁在普通女人身上都是九死一生、痛彻心扉，足够呼天抢地、涕泪滂沱，可是，萧皇后几经沉浮始终处变不惊，她究竟是怎样修炼打破"心理斜坡"的能力的？

第一，消除内心执念。谁都不可能总是处于顺境，日常总会碰到麻烦事，以平常心面对才能在困境中保持积极健康。

第二，学会体验生活的不同层面，发现其中的乐趣和责任。既能感知喜讯的热闹开心，也能平静面对琐事；既能在群体中发现快乐，也能保持独处的清醒。

第三，适当糊涂一点、迟钝一点。不必大事小事都计较，不用总是思考自己是不是被人占了便宜，不想把任何事情都看得透彻见底。

第四，学会人为控制情绪。情绪并非不可控，心理韧性是后天训练的结果，心理颗粒度粗糙一点，就不容易情绪短路；遇到问题给自己五秒钟的冷静期，就不会立即暴跳如雷。

萧皇后的"优雅"来源于哪里？肯定不是忽上忽下、摇摆不定，更不是吼叫和撕咬、暴躁和错乱，她总是沉得住气，弯得下腰，也抬得起头。

经历再多离乱和动荡，她始终保持情绪稳定，或许这才是成年人最可贵的品质。

钱锦鸾：是否放弃事业无成的男人

1

明朝所有皇帝中，明英宗朱祁镇实在算不上光彩：他宠信太监王振，御驾亲征打了大败仗，在土木堡之变中当俘虏，处死著名的忠臣于谦，被评为"大明朝二百余年最差劲的皇帝"。

也有人说："他是一个好人。他几乎信任在他身边的每一个人，从王振到徐有贞，再到石亨、李贤，无论这些人是忠是奸，不管在什么样的环境下，他都能够和善待人，镇定自若。"

一个活在自我世界的好人，可能当不了杀伐决断、功劳彪炳的帝王，却有意外的善良之举。

公元1464年，明英宗病逝前召见儿子朱见深："自高皇帝以来，但逢帝崩，总要后宫多人殉葬。我不忍心这样做，我死后不要殉葬，今后也不能再有这样的事情发生。"于是，自朱元璋起，明朝皇帝制定的残酷"殉葬制度"就此废除。

《明朝那些事儿》的作者当年明月评价："朱祁镇最终做成了他的先辈们没有做的事情，这并不是偶然的。他没有他的先辈们有名，也没有他们那么伟大的成就，但朱祁镇有一种先辈们所不具备（或不愿意具备）的能力——理解别人的痛苦。自古以来，皇帝们一直很少去理解那些所谓草民的生存环境，只要这些人不起来造反，别的问题似乎都可以忽略，更不要说什么悲欢离合、阴晴圆缺。"

钱锦鸾，就是这位心软却在事业上几乎零好评的明英宗的妻子。

明朝的前一个朝代元朝，游牧民族女性的强悍地位使得皇后权力大到极端，能够自己任命官员，后族的势力也可以决定皇位的更替。吸取这个教训后，明朝开国皇帝朱元璋制定了既简单又苛刻的后妃岗位职责：生儿育女、侍候皇帝、管理宫人，严禁参与朝政。

明朝皇后大多出身不高，基层文武官员家庭占了绝大多数，选妃侧重平民，对皇后的家族极其防范，即便赐给皇后的父亲与兄弟高官厚禄，却只是一个荣誉性地位而没有实权，所以，明朝有宦官专权，却从来没有皇后和外戚干政。

按照这个标准，钱锦鸾非常符合要求，她虽然出身于将门功勋之家，但父亲钱贵官位不高，直到女儿嫁给皇帝才被提拔成从二品官职。

公元1442年，钱氏嫁给小她一岁的英宗，这是明朝第一次为皇帝举行初婚仪式，在此之前，皇帝们都在登基前完婚，所以，立后的过程格外隆重，满朝官员全部出动，在文武百官和内外命妇的叩头如仪中，17岁的钱氏头戴九龙四凤冠，身着真红大袖褙衣、红罗长裙、红褙子、红霞帔，被迎入紫禁城成为少年皇帝的伴侣。

2

朱祁镇非常重视家庭关系，甚至极其罕见地以夫妻关系指数作为考察官员的重要标准。

《万历野获编》记载：当年英宗大婚之前，有个名叫周璟的官员，担任云南左布政，妻子刚死就续弦，结果被问杖革职。后来，他向英宗上诉："法律有规定，父母或者丈夫去世，私自嫁娶者杖一百，哪里有老婆死了不让续弦的？皇上您得给我个说法。"英宗大怒，直接让他滚回老家，永不录用。

陕西参议载弁因为妻子去世，违反制度偷偷回家奔丧，被同僚弹劾，英宗却说："这种至情至性的行为难道不能被体谅吗？恕他无罪。"

还有个名叫马良的官员，原本与英宗不仅是君臣，私下也是形影不离的好朋友。有一阵子马良请假回家，给去世的夫人办丧事，回来没多久，英宗有一天"至内苑，忽闻鼓乐之声"，一打听是马良吹吹打打热热闹闹在续弦。皇帝怒火中烧，大骂："此人简直天良丧尽！"从此再也不见他。

难得的是，英宗对别人和自己并不是双重标准，他待钱皇后一向感情深笃，为她考虑周全。

尤其英宗当年眼见父亲的原配胡皇后一直没有孩子，自己作为庶出的长子，出生不满百日就被封为太子，之后母以子贵，生母孙贵妃取代胡皇后，导致皇后被废，最终只以嫔妃的规格被孤零零埋葬在金山。

这个前车之鉴，让英宗生怕发妻钱皇后也遭遇同样对待，他深知妻子秉性忠厚、待人宽容，如果没有丈夫和子女的佑护，她将会在关系复杂的宫廷中举步维艰，于是他迟迟不立太子，留给钱皇后充裕的时间生育嫡子。

假如皇后能够生下太子，即便是公主，她也有寄托和保护，偏偏事与愿违，钱皇后始终没有生育，噩运却抢先一步来到这对夫妻身边。

公元1449年，北部蒙古族的一支名叫"瓦剌"的部落，借口明朝削减马价，在太师也先的带领下向明朝边境发起大规模进攻。明朝守军失利，塞外城池陷落，边报传至朝廷，大臣惶恐不已，23岁的英宗在宦官王振的怂恿下，不顾群臣劝阻，留下异母弟弟朱祁钰监国，亲自率领大军出征。

由于组织不当，一切军政事务由王振专断，最后军队在土木堡一带惨败殆尽，王振被杀，英宗被也先俘虏，兵部尚书、户部尚书，包括钱皇后的兄弟钱钦和钱钟等66名重要大臣战死，史称"土木堡之变"。

很多史学家把土木堡之变视为明朝由盛入衰的转折点，此后，日渐黯淡。

起初，群臣准备用钱财赎回皇帝，钱皇后得知，立刻把自己所有私人财产悉数拿出，只盼救回丈夫。得到纵容的也先贪心扩大，以英宗为人质攻打边关重镇，甚至让皇帝在关下叫门。坦率地说，朱祁镇不属于临危不惧的英雄帝王，他的软弱和善念一样多，贪生怕死，听任也先摆布，竟然传命开城。

于是，朝廷发现再多的财帛也换不回皇帝，只会让也先深信可以挟持英宗逼迫明王朝做出无底线的退让。为了摆脱"国无长君"的窘迫局面，确保国家的整体利益，在于谦等大臣，也包括朱祁镇生母孙太后的支持下，拥立正在监国的异母弟弟郕王朱祁钰登基，是为明代宗。他遥尊被俘的哥哥朱祁镇为太上皇，同时下令边关将领不得私自与也先接触，即便对方以太上皇的名义，同样听而无闻、视而不见。

英宗朱祁镇成为一颗被废弃的棋子。

代宗朱祁钰成为一个尴尬的帝王。

一场动乱把两人推上复杂的对立面，一方面，皇权位重，哪个皇子没有君临天下的梦想，由于哥哥咎由自取的失误，朱祁钰登上皇位力挽狂澜，平心而论，他做皇帝的才华远超哥哥；另一方面，朱祁镇从云端跌落谷底，在家国利益的大格局下，几乎无人在意他的生死，他年轻气盛的武断，葬送了自己的权力和江山。

朱祁镇怎能不恨？那些抛弃了他的人变成一个个诛心的名字，被他深深刻在心底。

朱祁钰怎能不怕？万一哥哥回来，皇位究竟还不还？他恐怕并没有那么希望哥哥生还。

只有钱皇后，实心实意期盼丈夫归来。

孙太后虽然是朱祁镇生母，但多年的皇家生活早已夯实她处变不惊的才略，坚毅、睿智却也现实、冷酷。而24岁的钱皇后，朱祁镇是处处维护她的丈夫和唯一的支柱，丈夫生死未卜，她也生不如死。

可是，既没有强大的母族作为后盾，又缺少金钱与权力的运营，她这个皇后不过是紫禁城供奉的一尊吉祥物，意见犹如缥缈的云朵般无人搭理。她和英宗一样成了多余人，无力的钱皇后只能哭泣祷告，凡人靠不住，她只好寄托神灵。

英宗被俘的几个月间，她日夜长跪祈求丈夫平安回归，困倦时伏在地上休息，心悸、劳累、担忧和流泪严重侵蚀她的健康，起初一条腿失去知觉，后来一只眼睛也哭瞎了。

钱皇后依次失去丈夫、荣誉、健康、美貌，生命对于她，已不再有温度。

也先发现囚禁英宗再也无法换取利益，决定把失去作用的"太上皇"放回明朝。历史上，皇帝被俘后没有附加条件就被释放，这还是第一次。临别时，已经与英宗友情深厚的也先弟弟伯颜帖木儿心下难舍，大哭着说："皇帝去矣，何时得复相见！"

能与敌军首领交上朋友，英宗确实有独特的社交魅力。

公元1450年，被俘近一年的朱祁镇回到北京，世界已然完全陌生。弟弟朱祁钰皇位巩固，满朝臣子都是新皇的心腹，"太上皇"像一尊过气的古董，无处安放。

3

跪断腿、哭瞎眼的发妻钱皇后，让英宗感到分外凄凉。

别时如花美眷，归来似水流年，却是天上人间。

代宗朱祁钰，的确比朱祁镇适合做皇帝，他重用于谦，击败瓦剌，治理国政，逐渐有序，最大的心病是：皇位得来不够名正言顺。尤其哥哥朱祁镇归来，外患已经解除，便只剩下皇位之争的内忧，原本的手足成为嫌隙，他并不打算把皇位还给英宗。为了防备兄长与旧臣联系复位，朱祁钰对哥哥的一举一动严加防范，英宗还朝后的生活，甚至不如被俘虏时自由。

他被囚禁在南宫，弟弟命人将南宫大门用铁水封死，锦衣卫日夜监视，不允许任何人进出，生活必需品只能通过门上预留的小孔送入，后期更连吃饭问题都得不到保证。曾经养尊处优的钱皇后便做针线活，偷偷嘱托宫人变卖后换取食物，新皇帝甚至砍掉了南宫所有树木，以防有人越过高墙与英宗联系。

这一囚，整整七年。

困顿中的七年，足够看清任何感情的真相，英宗与钱皇后相濡以沫，一个尽失富贵权力，一个不再健康秀美，同样寒冷的两人紧紧靠在一起取暖。德国剧作家席勒在《阴谋与爱情》中借女主人公露易丝之口说："我们的心灵一旦受到过度惊吓，眼睛便会在任何一个墙旮旯看见魔鬼，世上的大人物都不了解悲惨是什么，而且也不屑了解。"

从九五之尊的帝王，沦落到九死一生的阶下囚，英宗与钱皇后真正体会到了小人物的微弱，夫妻之情在相依为命中变得强韧。

又一起意外发生在公元1457年正月。

朱祁钰突患重病，英宗与钱皇后的命运再次发生根本性的逆转，正月十七日凌晨，武清侯石亨、左副都御史徐有贞等人率兵千人，控制了皇宫长安门、东华门，撞开南宫大门，搀扶太上皇朱祁镇赶往奉天殿。

时隔八年，英宗再次登基称帝，史称"夺门之变"。

代宗朱祁钰神秘死亡，有人说病死，也有传说，英宗安排太监勒死了这位代替他执政八年的异母弟弟。复位后的英宗，报复代宗同样毫不手软，他下诏指斥朱祁钰"不孝、不悌、不仁、不义，秽德彰闻，神人共愤"，废除他皇帝的尊号，改谥号为"戾"，称他"郕戾王"，这是一个恶谥，表示朱祁钰终生为恶，捣毁他生前为自己修建的寿陵，按照亲王规格埋葬在北京西山。

这份恨，何止咬牙切齿。

钱皇后对火热的胜利表现清淡，从来不向丈夫提任何要求。她的两位兄弟在土木堡之变中随皇帝姐夫出征战死，弟弟的遗腹子钱雄继承了家族爵位，担任锦衣卫都指挥使。这个官职听上去了不起，其实与大明王朝其他皇后的母族相比格外单薄。英宗曾想加封个侯爵或伯爵给钱家唯一的血脉，贤惠的钱皇后无论如何都不同意。

她心地简朴，在大起大落中早已看透阴谋，忠守自己的爱情和职责。可是，偌大的后宫，哪有几个佛系嫔妃？对周皇贵妃来说，英宗复辟简直是天降大喜。

皇贵妃周氏，入宫后生育皇长子朱见深，也就是后来的明宪宗，还有皇六子崇王朱见泽和重庆公主。因为屡次生育被晋升，在她看来，钱皇后不仅没有孩子，还断腿瞎眼，影响皇后尊贵的体面，这是自己绝好的机会。婆婆孙太后就是母凭子贵，以英宗生母的身份挤掉原本胡皇后的中宫之位，如今自己作为庶长子朱见深的母亲，在英宗复位时成为皇后，顺理成章。

于是，周皇贵妃通过英宗信任的太监蒋晃表达："周贵妃有子，请立周贵妃为后。" 英宗听闻后暴怒，狠狠斥责，任何人敢提更换皇后一律贬斥。

在英宗细密的保护下，钱氏稳坐皇后之位。

周皇贵妃怀恨在心。

有一次，英宗和钱皇后并坐，周皇贵妃侍立一旁，快快不乐，态度傲慢，英宗忍不住发怒训斥："你因为有儿子就自以为是吗？"钱皇后连忙劝慰丈夫："周皇贵妃毕竟是太子的母亲。"朱祁镇依旧不满，命令贵妃亲自制鞋，献给皇后祝寿，打压她嚣张的气焰。

4

遗憾的是，朱祁镇护得了厚道的钱皇后一时，却护不住她一世。

公元1464年，再次称帝八年的英宗重病，临终前交代完国事，唯一放心不下的家事就是钱皇后。数年前小人进言改立皇后的往事记忆犹新，朱祁镇越发担心自己死后发妻处境险恶，不忍心受了半辈子苦，甚至因他而残疾的妻子在他身后被人欺负，他立下遗诏嘱咐皇太子朱见深："皇后钱氏名位素定，当尽孝养以终天年。"

叮嘱完太子，朱祁镇又特意召来顾命大臣李贤，拉着他的手郑重嘱托："钱皇后千秋万岁后，与朕同葬。"请求李贤千万莫让小人伤到皇后，李贤流泪答应。

英宗当天驾崩。

四年后，了无牵挂的钱氏追随丈夫而去。

钱皇后的去世，引发一场合葬大战。

此时的"周皇贵妃"早已成为"周太后"，她借助明宪宗生母的身份要求为钱太后另择葬地。明朝大臣最不缺牛脾气，给事中魏元偕同僚39人，御史康允韶偕同僚41人，一下早朝就集体跪在文华门外放声痛哭，整个宫廷一片号啕，群臣声言："不得钱太后合葬旨意，绝不敢退下。"

周太后迫于形势，答应了朝臣将钱太后与英宗合葬的要求，却在暗中做了手脚：建墓穴时，她授意经办太监，将钱太后墓穴隧道故意挖错，不但与英宗墓室方向交叉数丈之远，而且在中途就把隧道堵住。此外，在皇官内供奉历代帝后神位的奉先殿内，她也不允许在英宗身边摆放钱皇后的牌位画像。

最终，朱祁镇和发妻钱氏没同穴。

死后合葬的仪式感，对已经走好人间路的他们来说，或许也没有那么重要。

公元6世纪，徐陵在《玉台新咏》中收录汉朝至南北朝时的690首诗，其中一首《留别妻》，旧传是汉朝苏武出使匈奴前与妻子告别的作品：

结发为夫妻，恩爱两不疑。欢娱在今夕，嬿婉及良时。
征夫怀远路，起视夜何其？参辰皆已没，去去从此辞。
行役在战场，相见未有期。握手一长叹，泪为生别滋。
努力爱春华，莫忘欢乐时。生当复来归，死当长相思。

和你结发成为夫妻时，确信从此恩爱到老。
与你陶醉今宵的幸福，时光总是如此美好。
明天我将为国远行，不得不起来看看天亮没亮，是什么时候了。
当星辰隐没在天际，我就不得不与你辞别了。
奉命远行上战场，不知这一去何时才能与你团聚。
握紧双手长声叹息，相互不由自主地流泪是因为这可能是你我今生最后一面。

我倍加珍惜现在的幸福时光，永远也不会忘了与你在一起的美好时光。

这一生，活着，人在你身边；死去，心在你身边。

这首《留别妻》，是千百年来夫妻之情的代表作，可历史上多少英明的帝王，却根本担不起"丈夫"的身份，他们眼中只有权力，内心坚硬冰冷。

天下确实大，但婚姻却是夫妻的天地，在此间孝顺父母、孕育子女、拜访亲友。帝王夫妻极少拥有普通男女的爱情，朱祁镇曾经丢了江山，却从不曾抛弃夫妻情谊，当他的皇后，至少不那么心累吧？

气场关键词：狄德罗效应

假如某位女性的丈夫对她很好，处处照顾周全，在情绪价值这个项目中接近于满分，但是，他事业平庸，甚至不及格，离开他，于心不忍，放不下对方的好；留下来，备受煎熬，毕竟事业也是婚姻当中极为重要的得分项。

这时，她该怎么办？

钱锦鸾的丈夫明英宗在事业上差评众多，但是能够理解普通人的痛苦，用今天的话来说他"共情力很强"，人人都觉得他如果不当皇帝肯定是个不错的人。然而，政治总是残酷的，明英宗首先大败后被俘，逃回来又被囚禁七年。钱锦鸾到底应该用什么样的状态对待从巅峰摔到地上，连自由都不可得的丈夫呢？

"狄德罗效应"是指人们在拥有一件新物品后，就会不断配置与其相适应的物品，以求最终达到心理上的平衡，所以，它又被称为"配套效应"。通俗点说，就是人要么改变自己去适应环境，要么改变环境来适应自己。

生活中"狄德罗效应"很常见，例如，你有一套别墅，自然想把它装修得端庄大气上档次。为了配得上这套豪华住宅，你又会打算换辆更好的车，甚至去买更贵的衣服首饰，以求与目前的状态匹配。

常见的还有一些人，随着事业的攀升自我感觉越来越好，认为另外一半不够"配套"，于是各种躁动。他们衡量婚姻的标准不再是性格、人品、合拍程度和感情因素这种核心指标，而是年轻、漂亮、听话、有面子这些虚荣指标。但是，家庭是一个人的底牌之一，稳定的情感不是昭示身份地位的奢侈品，而是个体赖以生存的日常配套系统，对家庭和婚姻的核心考量并不是外貌与短期事业，而是最困顿的时候对方能否不离不弃。

从这个角度，钱锦鸾和丈夫明英宗都保持着婚姻中的优雅气场。而"优雅"并不仅存在于优越的环境中，人生中的高光时刻毕竟有限，更多的时候，不仅要做好长期面对普通的打算，甚至要想明白落魄时怎样度过。

《见字如面》选取过李小龙成名前写给妻子的一封信，信中他信誓旦旦向太太琳达保证：等自己的电影在香港火了，"片酬至少要10000美金，还得有十分之一的分红，我们全家都可以坐头等舱旅行"。后来，他果然成为历史上最伟大的功夫电影明星，在各种镜头下眼神凌厉、战无不胜，但是硬汉心底的柔软却藏在这封信的字里行间。

一个男人，事业成不成，是能力、努力、命运，甚至还有一点点幸运，对家人好不好，却是品性。绝大多数女人年轻时都爱霸道总裁或者硬汉，觉得心底温软的男人不夺目，还有点"娘"。当自己被生活的刀锋打磨切割之后，才逐渐明白，即便事业平庸，善待家人也是男人的美德。

具备"紫色优雅气场"的女性在婚姻中不势利，她们评价另一半的标准也不单一，不是只有富贵之后才能"优雅"，荣辱与共、对爱人忠诚这种秉性，更是男女都通用的优雅。

陈端生：唉，她就这样过气了

1

幼时，我读过一套连环画叫作《再生缘》，里面满是小姐丫鬟的琳琅装束，那会儿我最大的乐趣就是画古装仕女，对着这套书描画很久，却不解其中意。

直到大学，在图书馆看到《再生缘》的原著，才明白这是乾隆年间，钱塘才女陈端生撰写的一部弹词杰作，写的是元朝云南昆明的三大家族之间的爱恨情仇。大学士孟士元有女孟丽君，才貌双全，许配给云南总督皇甫敬之子皇甫少华。国丈刘捷之子刘奎璧欲娶丽君不成，于是构陷孟氏、皇甫两家。丽君男装潜逃，改名郦君玉后应考，连中三元，官拜兵部尚书。她推荐武艺出众的皇甫少华抵御外寇，大获全胜。少华封王，丽君官至保和殿大学士，父兄翁婿同殿为臣，丽君却保持男装，拒绝相认。最终她因酒醉暴露身份，情急伤神，口吐鲜血。元成帝得知丽君女扮男装，逼其入宫为妃。丽君怒急交加，进退两难。

原著写到这里戛然而止，虽是悲剧，却有昂扬。

陈寅恪先生很喜欢这本弹词，称其为"弹词中第一部书"，堪与希腊、印度史诗相媲美，也赞叹作者陈端生是"当日无数女性中思想最超越之人也",认为她的艺术成就不在杜甫之下;抛却人品只论才华的郭沫若也很青睐这本书,甚至把它和《红楼梦》并列为"南缘北梦";越剧、淮剧以及黄梅戏也以此为蓝本创作了经典曲目《孟丽君》。

《再生缘》以七言排律的体裁,写成六十万字叙事诗,成为当时闺阁女子争相阅读的"超级畅销书",尚未完稿便从作者陈端生的家乡浙江开始,轰动整个清朝闺秀圈,达到"惟是此书知者久,浙江一省遍相传"的程度。那种蔚然成风的流行,不弱于两百年后的亦舒。

读者们对《再生缘》久读不倦,自发去催稿,害得陈小姐面对书粉不得不发誓"知音爱我休催促,在下闲时定续成":爱我书的亲们别催啦,我有时间一定把它写完。

只可惜,到底没能如愿。

《再生缘》如同作者本人短暂的人生,都是一本没有完成的著作。陈端生一共写了十七卷,写到女主角孟丽君被识破女子身份,便因各种因素耽搁,直至最终也未完稿,带着没有写完的故事离世。特别的是,《再生缘》前十六卷都是陈端生在十八到二十岁待字闺中最意气风发时,短短三年间一气呵成的。

在日子如同镶嵌金边的少女时光,哪个女子会想到未来的人生并不由己?

陈端生出生于公元1751年,字春田,是位杭州姑娘,祖父陈兆仑是当时的名士,被奉为"一代文章宗匠",同时也是位思想开明的长者。他撰写《才女说》,认为女子读书有益,"浏览坟素,讽习篇章,因以多识故典,大启性灵,则于治家、相夫、课子,皆非无助"。他具备一定的男女平等意识，给孙女取名，也采用和孙子一样的"生"字辈，女子和男子用一样的字辈，在当时的大族里很罕见。

由于祖父主张女子德才兼备，陈端生在文化氛围浓厚的大家庭里耳濡目染，她的叙事诗转韵自然，对仗工整，看得出诗词方面的基本功非常扎实。

可是，即便相对开明，陈兆仑的教育还是以让女子"温柔敦厚"，便于嫁人持家为主要目的，尤其，他的《才女说》后文还写道："以视村姑野媪惑溺于盲子弹词、乞儿说谎，为之啼笑者，譬如一龙一猪，岂可以同日语哉？又《经解》云，温柔敦厚，诗教也。"

这位老人家虽然觉得女子读写是才华，但又很轻视，反对"弹词"这类读书人眼里上不得台面的技艺。

可是，陈端生却背着祖父洋洋洒洒写了六十万字弹词《再生缘》，创作灵感则来源于父母的影响，尤其是她的母亲。

陈端生的父亲陈玉敦中过举人，曾任山东、云南等地地方官，领略过各地风土人情。母亲汪氏出身浙江秀水望族，外祖父汪上堉曾任云南大理府的知府，母亲汪氏识文解字，从小随家庭生活在云南，边远地区的民风与传统文化浓郁的京城和江浙一带大不相同，使汪氏观念开明、眼界开阔。

陈端生和母亲汪氏关系非常好，母亲对她影响深远，《再生缘》第三卷开头说"已废女工徒岁月，因随母性学痴愚"：我因为跟着母亲学习，已经荒废了针线缝纫这些女子的手艺很久。这里的"痴愚"很可能就是祖父看不上的"弹词"。

第三卷卷末表达"原知此事终无益，也不过，暂慰慈亲笑口开"：

我提笔书写《再生缘》，并未想过流传深远，不过是讨母亲个欢喜。

第十七卷卷首说"慈母解颐频指教，痴儿说梦更缠绵"：在母亲的时常点拨下，我把故事写得越发跌宕缠绵。

《再生缘》的男女主人公都来自颇有神秘色彩的云南，并不是陈端生的家乡杭州，想必作者幼时听母亲说起不少云南往事，心生向往。而母亲，也如同当代的所有妈妈一样，把自己未竟的梦想和体悟一点一滴复制给女儿，或许女儿能替自己实现呢？

2

家世良好，父母疼爱，少女时期的陈端生无忧无虑，平静幸福。

四岁时，父亲陈玉敦考取从七品的内阁中书，祖父被提拔为顺天府尹，相当于北京市市长，她随家人离开杭州来到京城；六岁时，她的祖父转太常寺卿，大约相当于今天的文化和旅游部部长，与六部尚书同级；七岁时，小妹妹陈长生出世，姐妹感情融洽，陈长生也是清代著名诗人袁枚的女弟子。

公元1768年，陈端生十八岁这年秋天，在北京外廊营旧宅，她动笔写起《再生缘》，自赋小诗一首：

闺帏无事小窗前，秋夜初寒转未眠。

灯影斜摇书案侧，雨声频滴曲栏边。

闲拈新思难成句，略捡微词可作篇。

今夜安闲权自适，聊将彩笔写良缘。

待字闺中、未经世事的女子，在初秋微寒的晚上辗转难眠，灯影和雨声激起她的灵感，干脆起身执笔，书写一段心目中的爱情故事。她文思如泉涌，下笔如有神，和两百多年后我们的少年时代一模一样，谁不曾深夜写过日记？谁不曾心底描绘过未来爱情的模样？

少女的梦境，隔着多少岁月，总似曾相识。

陈端生开写之后便收不住笔，完全沉浸于书中的情节，她在《再生缘》第一卷卷末说：

书中虽是清和月，世上须知岁暮天。
临窗爱趁朝阳暖，握管愁当夜气寒。

我呀写书写到忘记现在已经是孟冬十月，早起赶上朝阳照进窗棂，屋里光影和煦温暖，可到了夜晚，外面寒气逼人，即使握笔写字也觉得冻手呢。

这撒娇似的抱怨，反而衬托出她写得乐在其中。

第二卷卷首她说：

仲冬天气已严寒，猎猎西风万木残。
短昼不堪勤绣作，仍为相续《再生缘》。

哎呀，冬日天公不作美，天凝地闭，昼短夜长，可是我却一心扑在撰写《再生缘》中不能自拔。

于是从1769年的九月开始，到第二年五月，八个月时间，陈端生以平均每个月一卷的疾速，完成了故事的前八卷。想来也是，少女能有多少家事需要料理，有多少忧伤值得挂怀？全神贯注做任何事，都事半功倍。

这一年的八月，她的写作短暂停止了一段时间，因父亲要出任山东登州府同知（今蓬莱市），她跟随前往。

登州山清水秀，空气自由新鲜，陈端生放飞自我，灵感频出。她在第十七卷开篇写："地邻东海潮来近，人在蓬山快欲仙。空中楼阁千层现，岛外帆樯数点悬。"

从中秋过后到公元1770年春末，她在七个月中疾速完成了《再生缘》第九卷到第十六卷。十六卷书稿超过六十万字，十八岁的陈端生用十八个月写完，速度与才华都让人惊叹。尤其在内容布局上，以往中国古典小说都是分篇讲故事，长篇小说好似多个短篇小说的汇集，每个篇章都能相对独立出来单独成文，比如《红楼梦》里的"黛玉入贾府""黛玉葬花"，单独看起来都很完整。而《再生缘》不同，全篇才是一个逻辑严密的故事，情节环环相扣，结构精密，系统分明，让人读起来很难放手，恨不得一口气看完，很像法国大仲马的《基督山伯爵》之类情节性极强的小说，在中国古典文学中独树一帜。

十八岁的女孩，既思维缜密，又能谋篇布局浩大的场面，文字的成熟度远超年龄。

所以陈端生自己写到兴头上也很得意，在第十二卷卷首她骄傲自夸：

佳时莫赘升平象，妙笔仍翻巧妙文。

七字包含多少事，一篇周折万千情。

她还让女主角孟丽君说出这样嚣张的话："吾为当世奇才女，岂作无羞这等人""如此闺娃天下少，我竟是春风独占上林枝"。

字里行间的意气风发与心高气傲，哪里有半点当时主流女子低眉顺眼的模样？陈端生还塑造了一个女扮男装的山寨王卫勇娥，举手投足更加叛逆："既在绿林为好汉，少不得，替天行道正纲常""部前将士心钦服，都说道，定要真龙夺假龙"。

好一个"替天行道"，好一个"真龙夺假龙"，每个字句都像一位眉飞色舞、自信肆意的少女，怎识得半点愁滋味？这位少女发自内心地觉得，女子的智慧何曾输给男子？

3

只是，这个放肆的少女很快就不见了。

登州留下了陈端生最酣畅的性情，也带给她最痛苦的回忆。陈寅恪先生猜测，陈端生写十六卷《再生缘》那么勤奋，既有少年心性，也与她的母亲病情日渐加重有关，女儿希望抓紧完稿让母亲看到大结局。在第十六卷末尾，她留下一首伤春词：

起头时，芳草绿生才雨好。
收尾时，杏花红坠已春消。
良可叹，实堪嘲，
流水光阴暮复朝。
别绪闲情收拾去，

我且待，词登十七润新毫。

我开篇时，一切生机勃勃，接近收尾却花谢春辞，无奈与感伤总是无益，还是拾掇情绪，开始续写第十七卷。

但是事与愿违，第十七卷她并没有接着写，母亲病重，她病榻前全力照料也无法挽回至亲的生命，四个月之后，陈端生最知心的母亲病故。

她20岁丧母，母亲与她既是母女，也是知己。从此，陈端生无忧无虑的少女时代结束，巨大的伤痛让她失去写作的动力，只是她自己都没有想到，这一停顿，居然是十四年——故事中止在孟丽君被灌醉，脱靴查验是否小脚的紧要关头。

她人生的"悲"，在母亲离世后只是个开始。

公元1771年正月，家族的砥柱、祖父陈兆仑去世。这一年夏天，二十一岁的陈端生随离任的父亲返回杭州老家，她适逢婚嫁的年龄，可是，母亲和祖父相继去世，她按照规矩守孝三年，待服丧结束能够谈婚论嫁时，已二十四岁，当时算是高龄女子。公元1773年，陈端生嫁给浙江秀水人范菼。陈、范两家世交，范菼是陈端生祖父的好友范璨之子，范璨是雍正年间进士，曾任湖北和安徽两省的巡抚和工部侍郎等高官。

对于陈端生的婚后生活，史料极少，她本人倒是在《再生缘》第十七卷第六十五回中描写了自己的日常：

幸赖翁姑怜弱质，更欣夫婿是儒冠。
挑灯伴读茶声沸，刻烛催诗笑语联。

锦瑟喜同心好合，明珠蚤向掌中悬。

有幸公婆体谅我体质单薄，更欣慰夫婿儒雅博学，我们挑灯伴读、切磋诗词，心有灵犀，不失乐趣。

长女的出生让陈端生体会到做母亲的欢乐和繁忙，几年后，夫妻俩又添一个孩子，资料没有记载是男孩还是女孩。只是，陈端生此时的创作全部停顿，养育儿女的辛劳让她无法兼顾志趣，婚后的夫妻之情取代少女心性，她也很乐于把精力投注到家庭，可是万没想到，结婚七年后，丈夫遭遇大难。

1780年九月，陈端生的丈夫范菼被卷入一起考场舞弊案。在乡试中，主考官当场抓获几个夹带字条和冒名代考的考生，主犯归案后供出从犯范菼。乾隆年间严厉打击科考舞弊，主犯被判绞监候（相当于绞刑缓期执行），从犯发配新疆伊犁，陈端生连丈夫的面都没有再见，夫妻就天各一方，分隔万里。

一去十年，她的生活天翻地覆。

旧时女子没有生活来源，范家被范菼的案件株连，亲人受到革职处罚。大家族人情复杂，丈夫被发配后，陈端生带着子女承受着全家的怨气，哪里还有心性去续写踌躇满志的孟丽君？她只能在孤独时自励："未酬夫子情难已，强抚双儿志自坚。"

强打精神，却一派寥落。

她的妹妹陈长生拜清代著名诗人袁枚为师，之后嫁给翰林院编修叶绍楏。叶家既是书香门第，也是世代高官。陈长生见姐姐心境黯淡，于是将《再生缘》流传出去，以求读者的反馈和鼓励在精神上给予姐姐安慰。陈长生的闺中知己大多是官宦家庭女子，《再生缘》迅速在清朝的闺阁女性中流传开，陈端生瞬间拥有大批粉丝，"闺阁知音频赏玩，庭帏尊长尽开颜"的认同感对她是莫大的安慰，陈寅恪先生感叹说："呜呼！常人在忧患颠沛之中，往往四海无依，六亲不认，而绘影阁主人（陈端生的别号）于茫茫天壤间，得此一妹，亦可稍慰欤？"

寻常人在落魄时周遭避之不及，陈端生却有这样知情达意的妹妹，也是欣慰和幸运。

4

终于，在读者的期待中，陈端生于母亲去世十四年、丈夫流放四年后，再次提笔写起第十七卷。

她少女时写《再生缘》是为了"写良缘"，在饱尝生活之苦的中年，如何能续写出无忧无虑的女孩心境？她再也编织不出那样浪漫而不顾一切的文字。

知音爱我休催促，在下闲时定续成。
白雪霏霏将送腊，红梅灼灼欲迎春。
向阳为趁三竿日，入夜频挑一盏灯。
仆本愁人愁不已，殊非是，拈毫弄墨旧如心。
其中或有差讹处，就烦那，阅者时加斧削痕。

从这段第十七卷的自白便可看出，她的心境变化太大，如果说前十六卷是一个神气的少女在自负地娓娓道来，最后的第十七卷则充满沉重哀怨，中年女人的才情都去了哪儿呢？陈端生再也写不动了，从1784年春天开始，她断断续续耗时一年，也只写出了第十七卷这一卷。

罢了，她干脆停笔，说："婿不归，此书无完全之日也。"

就此封笔。

1790年，全国大赦："其在配军流人犯，已过十年，安分守法，别无过犯者，著各省督抚，分别咨部查照向例核议，奏请省释。"远在伊犁充军的范菼，终于可以回家，可此时的陈端生却生了重病。从新疆到杭州万里之遥，当时交通工具简陋，范菼即便被释放，依旧不知归期。

陈端生盼望了整整十年，十年生死两茫茫，她经历了十五岁的女儿和年迈的父亲相继去世，经历了独自支撑家庭的孤苦无依，经历了丈夫杳无音信的心理煎熬，或许是太累，她没有等到范菼回家，就永远闭上了眼睛。

《再生缘》弦断今生，无法再续。

或许现实太哀伤，很多古代的悲情故事，在曲人、剧作家的笔下都改成了欢喜结局，人们在怨怼生活时总愿意相信仍有希望。

陈端生去世后，杭州女诗人梁德绳与丈夫许宗彦续写《再生缘》最后三卷，改为：孟丽君上本陈情，承认自己女扮男装。皇甫家族求情保丽君不死，太后更将丽君认作义女，封为保和公主，与皇甫少华最终成婚。续写的结尾硬是让分崩离析的才子佳人，过上了白头偕老的幸福生活，至少，这是对读者的安慰。

于是，陈端生在读者的心目中，也永远活成了一个十八九岁的少女，人们选择性地忘记她灰暗的后来。

能够永远年轻，永远热泪盈眶，多好。

气场关键词：能量管理

陈端生的少女时期，是紫色"优雅"气场的积极面，文雅而浪漫，对文学创作既有天分也有动力；人生的后半段，她逐渐走向优雅气场的消极面，敏感而耐力不足，容易被环境左右自己的节奏。

年少成名其实是一件风险极高的事，如果后劲不足、无力为继，就会变成"泯然众人矣"。可是，哪儿又有那么多"后劲足"的人呢？只不过她们更善于根据不同阶段的特点不断调整，管理好自己的时间、精力和能量。

对于女性，人生虽然挺长，可自由支配的时间却不多。

女性未婚时，心无旁骛，不被琐事烦扰，时间自由，精力充沛，这个阶段的关键是"时间管理"，效率和行动力最重要，想到就去做，开始就必须完成，千万不要拖延，因为你很难预测后面会有多少烦心事和突发状况。以陈端生的才华和家庭环境，在少女时期趁着时间丰裕，一鼓作气写完《再生缘》并非不可能，只是她太乐观，以为还有很多"后来"，其实并没有。

青壮年时，大多数女性在家庭和事业两条线中挣扎，尤其孩子的降生更是巨大考验。此时，已经不再是"时间管理"，因为时间的自由度越来越低，这个阶段做好"精力管理"更现实。怎样把最优质的精力投入到最重要的事情中，怎样悄悄偷点闲养足精神，怎样避免某个层面独占自己全部的注意力，精力顾得过来，才能把复杂的多种任务变得简单。

中年之后，女性最大的问题是"能量管理"，由于生理状况变化，体力和精力同时下降，时间也只有那么多，得铆足力气学会保护自己的能量。学会精简生活和目标，拒绝无关紧要的小事，把宝贵的力量聚集起来，集中突破重点任务。

一时优雅不难，难的是终生优雅，明媚的紫色太容易折损，年少的才华是天分和运气，中年之后的才华却是精心管理的结果。这就像一个经典吐槽："不要大声责骂年轻人，他们会立刻辞职的。但是你可以往死里骂那些中年人，尤其有车有房有娃的那些。"

从飞扬的少年，变成了灰扑扑的中年，中间只隔着短短的几年。

少年时，谁不想嫁给爱情？谁没有快意恩仇的爽利和七窍玲珑心？中年时，才发现生活哪里是有情饮水饱，分明是一场路障特别多的长跑：跑赢了事业，孩子没顾上；跑赢了子女教育，却难免失去自我；嫁给了爱情，却没想到当年的人会变心；选择了财富，却在人生的后半段太渴望真情。再也没有什么"说走就走的旅行"，却像极了陈端生那接也接不下去的《再生缘》，心无力，笔凝滞，不甘心又能怎样？中年女人都是千年的狐狸，去跟谁说《聊斋》呢？

能把紫色"优雅"气场贯穿到老的女人，或明处或暗处，都掌握着从时间管理到精力管理，再到能量管理的升级技能。

第五章
蓝色"知性"气场

蓝色所代表的"知性",是很多女性追求的状态,沉着而冷静,专注而理性,博学多才。可是,所有事情都有两面性,过度自律就是呆板苛刻,过于冷静常被视为无情,甚至还有点高冷和精神洁癖。

很多杰出的内向者都是蓝色气场,包括一些创作者和设计者,她们拥有自己独特的精神世界,所以对外界不争不抢不扎堆,摆脱刻意维护人际关系的负累之后,反而更容易成为某个领域的顶尖高手。

谢道韫："做自己"的难度在哪里

1

史书基本是男人的主场，女人在书中能有的份额，即便凤仪高迈的皇后，大都只有寥寥几行，百来字不能更多。

不过，总有例外。就像这位谢道韫女士，她在《晋书·列女传》里的传文有519字，与之相比，她的丈夫王凝之，在整本《晋书》里只作为著名书法家王羲之的第二个儿子被提及，统共85个字。

谢道韫在幼儿必读书目《三字经》里的位置更有意思，她被当作激励男孩奋发图强的榜样，评价为："蔡文姬，能辨琴。谢道韫，能咏吟。彼女子，且聪敏。尔男子，当自警。"人家女孩天资聪颖，你们这些男孩子，就没点压力意识？还不去好好学习、天天向上？

究竟是什么样的女人，让1600年前自负的男人们心悦诚服地感受到了危机？

唐代诗人刘禹锡的《金陵怀古》中有名句"旧时王谢堂前燕，飞入寻常百姓家"，其中提到的王、谢两个家族，是魏晋南北朝时期最显赫的世家。东晋有两大宰相——王导和谢安，王导辅佐司马睿建立了东晋政权，历经三朝，位极人臣；谢安打赢以少胜多的战役"淝水之战"，作为东晋的超级偶像，和他有关的成语太多了，比如：东山再起、草木皆兵、前倨后恭、一往情深、围棋赌墅等等。

王羲之是王导的侄子，谢道韫则是谢安的侄女。

"王谢世家"显赫到什么程度？梁武帝时，挟有重兵的大将军侯景，向皇帝要求与王家或者谢家通婚，皇帝直接回答："王、谢两家门庭高贵，你娶不得；还是到朱家或者张家的女儿中选一个吧。"

娶谢家的姑娘，权力和财富不是唯一要求。魏晋名士言行不同于流俗，他们以狂放不羁、率真洒脱而著称，形成中国历史上绝无仅有的"魏晋风度"，王家和谢家，就是这风度的代表。

东晋初期，王导兄弟掌握兵政大权，王氏的声势高于谢氏；到了后期，由于谢安、谢万、谢玄等谢家父子成为中流砥柱，谢氏的声望高过王家，这种转变对谢道韫的生活和性格影响都很大。

谢道韫是谢家的长房长女，生于诗书富贵之家，长于礼乐簪缨之族。父亲谢奕官至东晋安西将军，性情有趣，酷爱饮酒，曾经灌自己的上司桓温喝酒，最后把人家逼到了老婆南康公主的房间里不敢出来。喝完上司又去找部下，丝毫不在意上下级的身份差异，个性豪爽狂傲。谢道韫虽然是女孩，也继承了父亲豪气的一面。

在家族中，谢道韫最亲近和信赖自己的小叔叔谢安，尤其这位小叔叔比谢道韫的父亲谢奕小了10多岁，的确是长兄如父。李白在《永王东巡歌》中把谢安描绘得惟妙惟肖，"但用东山谢安石，为君谈笑静胡沙"，一派潇洒旷达，举棋自若，破敌百万。谢安自著的《与支遁书》是写给当时的名僧支遁大师的："人生如寄耳，顷风流得意之事，始为都尽。终日戚戚，触事惘怅。唯迟君来，以晤言消之，一日当千载耳。"词句之间，澄澈空明，显示出大雅之才。

谢安是位难得的妙人，既是文艺才子，也是治世良臣。他初时与权臣周旋，并不卑躬屈膝，不违背自己的准则却能拒权臣而扶社稷；中期当政，处处以大局为重，不结党营私；后期北伐胜利，他功高震主，依旧能急流勇退，不恋权位。

在淝水之战中，他以八万兵力击溃了苻坚百万大军，把谢家带上鼎盛；他善书法长文辞，悉心调教谢家子弟，使得"谢"这个姓氏真正成为一种荣光。

很多史学家认为，中国历史晋代最美，名士辈出，风华绝代。假如有一个家族最代表魏晋风度，我推选谢家，那种不滞于物的潇洒和眼界，别无分号。

2

谢道韫就是谢安最欣赏的子侄辈。

有个众所周知的咏雪故事。一日，谢安携子侄一辈于庭中赏雪，兴起时问道："白雪纷纷何所似？"谢朗答："撒盐空中差可拟。"谢安听罢，浅笑不语，眼光看向谢道韫，这位侄女答道："未若柳絮因风起。"

谢安大笑，激赞不已。

谢道韫的堂哥谢朗，史书评价"博涉，有逸才，善言玄理"，他那句"撒盐空中差可拟"过于具象化，形态十足却缺乏想象空间。谢道韫的"未若柳絮因风起"轻盈洒脱，意蕴悠长，深合魏晋的飘逸灵秀。

从此，"咏絮之才"成为女子才情的代名词，犹如《红楼梦》中对宝钗和黛玉的判词："可叹停机德，堪怜咏絮才。"

咏絮的故事虽然奠定了谢道韫才女的名气，却并不是那场赏雪的重点，谢安那次聚会的核心问题是："《诗经》中，你们认为哪一句最佳？"

谢道韫的亲弟弟谢玄回答："昔我往矣，杨柳依依；今我来思，雨雪霏霏。"

谢玄就是后来担任先锋亲自率兵大破苻坚立功的那一位，中国山水田园诗的开山鼻祖谢灵运，就是谢玄的孙子。他欣赏的这篇《采薇》的确著名，也是公认的佳句，所以丝毫不稀奇，稀罕的是谢道韫，她喜欢的是："吉甫作颂，穆如清风。仲山甫永怀，以慰其心。"诗句出自《诗经·大雅·烝民》，是周王朝老臣忧心国事时发出的感怀。

谢安给出自己最爱的诗句，与侄女不谋而合："訏谟定命，远犹辰告。"出自《诗经·大雅·抑》，和谢道韫喜爱的诗句同样表达政治抱负。在他看来，谢玄所爱的文辞和感情固然丰富，但只抒发了一己之念；而谢道韫所爱，心忧社稷苍生，超越个人情绪，难能可贵。

谢安欣赏侄女骨子里的开阔，她胸怀风云之气，没有寻常女子的娇弱和局限。而谢道韫何止是"不娇弱"，简直就是泼辣，她和自己的弟弟，担任车骑将军的谢玄反差很大。谢玄小时候喜欢把紫萝香囊挂在腰间，娇柔而女气，谢安不希望侄子沾染上这些恶习，又怕伤了他的自尊心，于是弄了个赌博的小把戏，把谢玄的香囊赢了过来，一把火烧掉。

作为姐姐的谢道韫对于弟弟谢玄同样要求严格，她曾经直言不讳地批评："你怎么这么不求上进呢？是杂事使你分心了呢？还是天分有限？"（"汝何以都不复进？为是尘务经心，天分有限？"）

被姐姐提溜着的谢玄一点儿也不生气，反而是个"炫姐狂人"，《世说新语·贤媛》记载了另外一件趣事：谢玄十分推崇姐姐谢道韫，还有位张玄，喜欢夸赞自己的妹妹，谢玄和张玄彼此都有点不服气。有位法号叫济的尼姑，张、谢两家都去过，有人问她两位女子的高下，她答道："王夫人（谢道韫）有林下之风，她神情洒脱，举止娴雅，超凡脱俗；顾家媳妇（张玄妹妹）心地纯洁明净，有如美玉辉映，自然是一位大家闺秀。"

按照魏晋的审美，"林下之风"是极高的评价，大家闺秀并不少见，俊秀出尘的气度却难寻，谢道韫在当时人们的口碑中，是位超越凡流的人物。

这份"林下之风"，即便在她婚后，也没有被婚姻里的琐事消磨。

3

作为顶级世家，谢道韫的结婚对象其实非常有限，谢家的女儿嫁给王家几乎是必然，谢安从王羲之的七个儿子当中为谢道韫精心挑选丈夫。

谢安最先看中的是第五子王徽之，他称得上典型的魏晋人物，不修边幅，轻视礼教，写得一手好字，还有个著名的"雪夜访戴"典故：某晚大雪，他突然思念好友戴安道，连夜乘船探望。船行一夜，到达戴家门口，却不见而返，他说："我乘着兴致前往，兴致已尽，自然返回，何必一定要相见呢？"

王徽之担任骑曹参军的官职时，上司问他："你管的马得了瘟疫，你知道病了多少、死了多少吗？"他直截了当地说："我连活马有多少都不知道，你居然问我死马！"

同为名门，谢家和王家最大的不同是，谢家子弟旷达却也务实，王家子弟潇洒却特别狂放，以王家儿子的性格，没有金山银山的后盾，生存实在难以为继。最终，谢安认为王徽之不适合婚姻，把最疼爱的侄女谢道韫嫁给了王家的第二个儿子、貌似稳重的王凝之。

从此，婚姻成为谢道韫一生无法选择和纠正的错误，她终生和一个三观完全不同，几乎没有共同语言的男人生活在一起。

婚后，谢安问谢道韫："凝之是王羲之的公子，你怎么就不喜欢呢？"谢道韫回答："我们谢家，父辈中有您还有叔叔谢据，兄弟们中的谢韶、谢朗、谢玄、谢渊，个个都那么优秀。可是您再看看王凝之，他除了家世和书法，还有什么呢？"

丈夫究竟怎样平庸，谢小姐没有具体说明，她何等才华横溢，以她的心高气傲却要敷衍一个糊涂男人，的确委屈，只好把精力放在别处。

一次意外给了谢道韫显身手的机会。魏晋流行清谈，辩论技巧常常决定了个人的名誉和前程，王家七个兄弟中最出色的王献之曾经和宾客辩论，却被讲得理屈词穷，眼看就要落败，高门大族的王家哪里丢得起这个脸？房间里的谢道韫听得一清二楚，希望帮助小叔子挽回声誉。她让婢女挂上青布幔，端坐幕后，不紧不慢，继续用王献之的观点接住方才的话题与对方辩论。

她旁征博引，慷慨陈词，居然辩得对方俯首称臣，维护了王家颜面。

婚后在婆家替小叔子辩论，这是一件风险很大而且出力不讨好的事，赢了是佳话，输了可就是个大笑话，也只有谢道韫这样极度自信的女人才敢挑战，这也从侧面说明她的才华远在王家兄弟之上。

4

公元399年，东晋王朝气数将尽，孙恩起义爆发，王凝之任会稽内史，谢道韫相随，孙恩的军队眼看就要打到会稽。王凝之愚昧得既不出兵，也不积极防守备战，而是在官邸中祈求神佛保佑。妻子劝他出兵讨伐孙恩，他坚持说："我已经请来大道，借了神兵守城，有好几万的军士呢，那贼子根本不值得忧心。"活在自己意念中的王凝之当然没有等来神仙相助，只等到叛军的刀斧。

与丈夫形成鲜明对比的是，谢道韫得知丈夫和儿子都被叛军斩杀后，她来不及悲伤，危难关头当机立断拿起刀剑，带着外孙和家仆女眷杀出门去。混战中她毫无惧色砍杀叛军，最终寡不敌众被俘。当叛军要处死她的外孙时，她把孩子护在身后，厉声说："此事只与王家有关，和其他家族并无关联，你们如果一定要杀我外孙，就先杀死我！"

她有理有据慷慨陈词，为了保护外孙宁愿自己赴死，叛军孙恩也被她的气节折服，最终放过王家其余家眷。

这是谢道韫人生的转折点，从此之后她一直寡居会稽，从大富大贵到家破人亡，经历流离变幻之后，晚年的她足不出户打理本府内务，闲暇时写写诗文，过着平静的隐士生活。

《晋书》记载了一段她后来与刘太守交谈的故事。孙恩之乱平定不久，新任会稽郡守的刘柳前来拜访谢道韫，她梳好发髻，插上发簪，穿一身素雅的服饰等待客人，《晋书》这样形容她与刘太守对谈时的风韵："道韫风韵高迈，叙致清雅，先及家事，慷慨流涟，徐酬问旨，词理无滞。"

他们之间究竟说了些什么，不得而知，但分别后刘太守时常感慨："实顷所未见，瞻察言气，使人心形俱服。"

我从没有见过这样的女士，她的神态和言语，方方面面让人由衷折服。

谢道韫也从与刘太守的对谈中获得启发，她说："亲从凋亡，始遇此士，听其所问，殊开人胸府。"

我的亲人们都已故去，和太守对谈后，话遇知音，令人心胸开阔。

遥望山上松，隆冬不能凋。 愿想游下憩，瞻彼万仞条。
腾跃未能升，顿足俟王乔。 时哉不我与，大运所飘摇。

这首《拟嵇中散咏松诗》是谢道韫写于丈夫遇害之后，虽然感慨命运无常，但哀而不伤，毫无脂粉气，让人想起她临危不乱，与敌人朗声辩驳的风姿。

女诗人大多伤春悲秋，常借花草抒情却很少咏叹松木。谢道韫生于中国最负盛名的豪门士族，一生波澜起伏，心性却始终不改，她把全部阅历装进心里，活到最后也是身姿像松树一样坚毅潇洒，宛如林下风。

气场关键词：内部记分卡

在巴菲特的传记《滚雪球》一书中，作者艾丽斯·施罗德既描述了一个和普通人同样遭遇挫折和失败的巴菲特，也披露了这位"股神"如何管理自己的财富和生活，其中有一个重要工具叫作"内部记分卡"，即：不考虑外在评价，坚守内在正确的原则，这样才能自信，才能凭借独立思考和胆识获得成功。

这个工具和心态让巴菲特获得超乎寻常的物质和精神自由，而一千多年前的谢道韫也遵循"内部记分卡"原则——她对待生活，总是根据自己的内在标准和价值观行事，不受外部世界干扰，即便遭遇落差和变故，她也能在自己的天地里怡然自治。

这种态度有个非常个性的说法叫：做自己。

可是，"做自己"实在太难了，人的天性总想争个对错，也总是对别人的评价上脸挂心，能够真正心无旁骛、自成方圆才是"蓝色知性气场"笃定的底气。

婚姻是谢道韫无法选择和纠正的错误，她终生和三观完全不同、几乎没有共同语言的丈夫生活在一起。尽管如此，她却鲜有抱怨，尽最大努力给自己腾出一块自由空间，从不把注意力放在无法改变的结果上，这种旷达少有人具备。

"蓝色知性气场"的女性不是写过几首诗、读过几本书，她们在看清生活的真相之后，依然用知识和眼界保持内心的平静，她们很在意积累"文化资本"。

法国社会学家皮埃尔在《资本的形式》中提出了"文化资本"的概念，

"文化资本"是通过教育洗礼、历练而成的个人优势，与生活品位息息相关。

谢道韫从小饱读诗书，她的才华被后世尊称为"咏絮之才"，记入《三字经》；和王凝之结婚后，日常琐碎未能掩盖她的才情，在辩论盛行的魏晋，她以丰厚的"文化资本"为夫家赢得声誉；丈夫和儿子在战乱中被叛军斩杀，她在寡居的后半生里专注撰写诗文、打理家务，依然活得体面，不露丝毫悲戚。

如果用世俗眼光的"外部记分卡"看待谢道韫的一生，很多人会评价她高开低走、遇人不淑、晚景凄凉，至少也称不上幸福；但是，如果用"内部记分卡"来复盘谢道韫，就会发现她何其坦然和圆满，她从未违背过自己的初心，我行我素，大开大合，"文化资本"为她带来了知识、趣味、能量和力量，她真正活出了既深邃又澄明的蓝色"知性"气场。

萧观音：耿直的姑娘总吃亏

1

萧观音是中国文学史上著名的女作家，也是《中国大百科全书·中国文学卷》中唯一有条目释文的辽代作家。她与前辈述律平、萧燕燕一样来自辽朝的皇后专业户家族萧氏，母亲是辽圣宗的女儿蜀国大长公主，父亲是辽圣宗皇后的同母弟弟萧孝忠。辽中后期，佛教盛行，中原儒家思想深入传播，妇道教育也成为辽代女子教育的重要内容，女性逐渐变得文弱，皇室也不再有述律平、萧燕燕这样既能管理朝堂又能领兵打仗的剽悍皇后。萧家的女孩越来越秀美，她们谈论诗词，学习女红，萧观音是其中的翘楚。她不仅通晓音律，还弹得一手被誉为当朝第一的好琵琶，又生得极美，家人都把她看作观音再世，所以取了"观音"作为小字。

耶律洪基起初被封为燕赵国王，他执政初期笃信佛教，精通音律，爱好诗赋，听说萧观音多才多艺、美丽端庄，便于公元1053年聘娶她为王妃，那时，耶律洪基22岁，萧观音14岁。

两年后，耶律洪基继位为辽道宗，萧观音为皇后。两人志趣相投、感情融洽，耶律洪基欣赏妻子的文学和艺术才华，时刻把她带在身边；

萧观音鼓励丈夫励精图治，借助汉族的思想和文化，促进契丹民族政治经济发展，这对帝后心意相通、夫唱妇随。公元1056年秋天，意气风发的耶律洪基带着萧观音一同前往秋山打猎，行至伏虎林时，他邀请妻子即兴赋诗，萧观音应声便是一首：

威风万里压南邦，东去能翻鸭绿江。
灵怪大千都破胆，那教猛虎不投降。

她赞叹契丹民族的铁骑雄狮，南压宋朝，东征高丽，野兽灵怪都闻风丧胆，降伏猛虎更是易如反掌。

诗的意境不像女子纤秀的文风，想必她那时意气风发，期待丈夫有所作为。

耶律洪基听到妻子这脱口成章的诗既赞颂了国家实力，又替自己表明心志，心花怒放，立刻向群臣表示："我的皇后，真是女中才子！"

仿佛是天意，第二天打猎，一只猛虎从树林中窜出，耶鲁洪基立刻指着老虎说："必须拿下这只老虎，才不愧对皇后的诗。"果然一箭命中，猛虎应声倒地，群臣山呼万岁。

同年11月，朝臣请耶鲁洪基上尊号为"天祐皇帝"，而萧观音则封号"懿德"，史称宣懿皇后。

公元1057年8月，耶律洪基作了一首《君臣同志华夷同风》诗，萧观音同样和诗一首：

虞廷开盛轨，王会合奇琛。到处承天意，皆同捧日心。

文章通鹿蠡，声教薄鸡林。大字看交泰，应知无古今。

由于一向奉行"学唐比宋"的文化政策，萧观音在这首诗的上半首中，从虞夏到周王朝，讲述了一部中国有文字记载以来的历史；下半首描绘秦汉之后的民族融合，从匈奴写到朝鲜半岛的高丽，最后表明契丹民族也承袭了盛唐时期的中国文化。

整首诗既能感受到她对国家强烈的责任意识，也能体味出指点江山的雄浑大气，不愧萧家女子的气度。

2

不同的是，萧观音过度沉浸于汉文化的儒雅温厚与艺术鉴赏，忽略了博大精深的另外一面：智慧的精要、谋略的博弈、政治的纵横捭阖。如果她是普通女子，这算不上缺点，可她是皇后，以才华、胸襟、胆识和本事统领后宫，承担帝王左膀右臂的职责，尤其少数民族的皇后，地位更超然。她缺少前辈萧燕燕陪伴丈夫参政治国的雄心和执行力，仅仅从形式和仪态上当了一位"标准"的好皇后。

她时刻保持皇后雍容华贵的外在形象，十分考究地用玉和黄金装饰自己。

公元1058年，她生下皇子耶律濬之后，耶律洪基的叔叔重元的王妃前往祝贺。这位王妃顾影自矜，流目送媚，萧观音非常不入眼，直截了当地说："我们皇族女子应该庄重才能临下，你何必这样不端庄？"

这话说得严厉而不留情面。皇太叔重元手握重兵、地位显要，非常听王妃的话。

在《甄嬛传》中有类似的情节：敦亲王是雍正皇帝的十弟，他与年羹尧来往密切，还借着立过大功言行跋扈，公开在朝堂上殴打言官，雍正头疼不已。甄嬛却献计：封爵敦亲王的儿子，加封敦亲王的女儿，然后养在太后宫中以做日后要挟之用。敦亲王福晋就此进宫向甄嬛求情，甄嬛向福晋解释利弊，让福晋规劝敦亲王去道歉，让尴尬的事情有了相对体面的结果。

敦亲王又要求加封自己故去的母亲，但是他的母亲受到先帝厌弃不宜加封，皇帝为此大发雷霆。甄嬛又规劝：应该大封六宫以示公平，这样敦亲王的母亲被加封就不显得突兀了。

同样对待实力雄厚却心存反念的亲王和他们的妻子，甄嬛和萧观音态度截然不同：一个恩威并重，安抚中暗含约束；一个直截了当表达厌弃。

效果大相径庭。

皇太叔重元的王妃怀恨在心，回去后对丈夫委屈发火："你是辽圣宗的儿子，难道还比不上现在皇位上你那个鲁莽的侄子？现在一个教坊奴婢都能用皇后的身份训斥我。如果你争气，就应该除掉侄子，笞挞这个女婢！"

重元本身就有反叛之心，被王妃激将之后果然起兵，他的叛乱严重打击了耶律洪基治国的信心，更加沉迷于酗酒、打猎，而且醉心佛教、少理政事。他开始宠幸耶律乙辛，国家大事都委托乙辛处理，这是后话。

传说，公元1040年端午节，萧观音出生时她的母亲做了一个梦，梦见明月落进怀里，月亮慢慢从东边升起，光辉灿烂到不可仰视，但在升到中天时，却突然被天狗吃掉，她立刻被惊醒，萧观音也在此时降生。

萧观音的父亲忧虑："我的女儿虽然有大富贵，但恐怕难得长久，况且五月五日端午出生，原本就不是好兆头。"

另外一个传言是，萧观音在被册皇后时，不知道风从哪里吹来一条白练到她面前，上面有三个字：三十六。

"这是什么意思？"萧观音问左右宫人。

"上天的旨意，是要皇后统御三十六宫啊！"宫人们阿谀回答。

而白练却从来不是吉祥的象征。

3

婚后大约12年的时间，萧观音与辽道宗情投意合，尤其在她生下长子耶律濬之后，耶律洪基高兴不已，六岁就立他做了太子，萧观音的荣耀达到鼎盛，危机却隐隐潜伏在周围，只是她没有重视。

辽道宗虽然表面热衷佛教、热爱吟诗，但他本质上冲动易怒、鲁莽固执，随着年龄增长和执政时间越来越长，他并未奋发图强，成就霸业，笃信佛教搭建佛塔却劳民伤财，他甚至在朝堂上公然开赌，以官位为赌注，大臣掷骰子来决定空缺由谁替补。

在他后期混乱的治理中，辽国开始由强盛转向衰落。

耶律乙辛由于平定重元叛乱有功，被辽道宗宠幸而权倾一时。可是，乙辛却是个十足的小人，门下贿赂络绎不绝，只提拔阿谀奉承的同僚，贬斥不同意见的大臣。

萧观音和她的家人不愿与乙辛勾结，乙辛怀恨在心，常常在耶律洪基面前进谗言，蓄谋陷害萧观音和太子。萧观音熟读史书，她以唐太宗的贤妃徐惠为榜样，要求自己直言不讳向丈夫提意见，而且不挑别的时候，专门选丈夫临幸她之前吹枕边风，萧观音最著名的建议是规劝辽道宗减少打猎。

契丹是游牧民族，狩猎是上自贵族下至平民都喜欢的活动，耶律洪基也不例外，他在位46年，远游出猎的次数竟然超过200次，每年平均四五次。他还有一匹叫"飞电"的骏马，速度快到所有侍从都追不上。

萧观音引经据典细数历代君王沉浸享乐之后的腐败："我听说周穆王是位大旅行家，他喜好游山玩水，驾着八匹千里马，带着七队勇士出行三万五千里，虽然开疆拓土，却荒废了朝堂事务，使得周朝由盛而衰。夏朝的太康沉溺于酒色，不修政事，社稷濒临危险。希望陛下以古为鉴，不要嫌弃臣妾啰唆。"怎么能不嫌弃呢？这些建议太像来自一个冒死犯上的忠臣，耿直得近乎迂腐和呆板，而不是亲密的妻子，三言两语就能化尴尬为自然。

即便萧观音仰慕的徐惠，在唐太宗面前也很懂得说话的艺术，《唐语林》中记载了她和唐太宗相处的细节：太宗召见徐惠，她梳妆打扮迟到了，太宗等候多时难免不耐烦，姗姗来迟的徐惠笑吟吟作了首诗："朝来临镜台，妆罢暂徘徊。千金始一笑，一召讵能来。"她半开玩笑半嗔怪太宗多等一会儿就如此没有耐心："别人千金难买一笑，您一道旨令我就得忙不迭赶来吗？"以太宗的洒脱，很容易消了怒气，反而笑赞徐惠才情生动。

善于转圜劝谏的女子，不会耿直到生硬，她们春风化雨，弥合缝隙于无声。尤其，她们非常懂得真话并不能对听不起真相的人讲。

再融洽的夫妻关系也经不起外人的挑唆和自己的狷介，何况耶律洪基根本算不上心胸开阔的明君，他表面听从萧观音规劝，内心却觉得妻子总在夫妻亲热前端架子，非常不满。

两人隔阂越来越大，渐行渐远，后期，他已经很少临幸萧观音。

4

冷落和痛苦带给坚强的女人绝地反击的力量，可是对于软弱的女人，淡漠和打击只能促使她们愈加消沉，一蹶不振。

失去辽道宗的宠幸，萧观音万念俱灰，她的诗词中再也没有了往日的开阔，她完全失去生活重心，试图继续用诗歌挽回和丈夫的关系，创作了新的词牌"回心院"，一口气填了十首：

扫深殿，闭久金铺暗。游丝络网尘作堆，积岁青苔厚阶面。扫深殿，待君宴。

拂象床，凭梦借高唐。敲坏半边知妾卧，恰当天处少辉光。拂象床，待君王。

换香枕，一半无云锦。为是秋来展转多，更有双双泪痕渗。换香枕，待君寝。

铺翠被，羞杀鸳鸯对。犹忆当时叫合欢，而今独覆相思块。铺翠被，待君睡。

装绣帐，金钩未敢上。解却四角夜光珠，不教照见愁模样。装绣帐，待君贶。

叠锦茵，重重空自陈。只愿身当白玉体，不愿伊当薄命人。叠锦茵，待君临。

展瑶席，花笑三韩碧。笑妾新铺玉一床，从来妇欢不终夕。展瑶席，待君息。

剔银灯，须知一样明。偏是君来生彩晕，对妾故作青荧荧。剔银灯，待君行。

热熏炉，能将孤闷苏。若道妾身多秽贱，自沾御香香彻肤。热熏炉，待君娱。

张鸣筝，恰恰语娇莺。一从弹作房中曲，常和窗前风雨声。张鸣筝，待君听。

十首词，十个场景，十个"待"字，萧观音努力回忆和丈夫亲密无间的日子，希望以旧情打动耶律洪基，使他回心转意。可是，饱读史书的她可能忘记了，历史上从来没有哪个帝王因为后妃的一篇文章而复宠，相反，这十首闺情词成为她灾难的开始。

萧观音虽然精通音律，但音乐的创作力相对薄弱，她召来宫廷作曲家赵惟一谱曲，希望忧郁的词配上优雅的曲，挽回君王的心，她和乐师紧密合作，从早到晚形影不离。皇家乐队的另外一位乐师名叫单登，她原本是皇太叔重元的女婢，重元叛乱被平定后被收入宫中，她心气高傲、精通演奏，不服气赵惟一受到的重视。萧观音居然让赵惟一和单登像华山论剑一样对弹了整整四天，弹完28首曲子，然后她亲自判定单登落败。可想而知一个高傲女人受了这种折辱之后的心情，单登气急败坏，她表面顺从内心却反叛，转而向皇帝耶律洪基示好。

萧观音再次直言不讳地对丈夫说："单登是叛臣的女婢，皇上怎能允许她在您身边演奏？万一她是刺客，就太危险了。"耶律洪基于是把单登调到宫外别院。单登从此对萧观音恨之入骨，常常向自己的妹妹污蔑她："皇后与赵惟一私通。"

无巧不成书，单登的妹妹清子，恰巧是耶律乙辛的情人，她把这事告诉乙辛。一直苦于找不到机会对萧观音下手的乙辛喜出望外，片刻构思出扳倒皇后的计谋：他找人写了首淫词名叫《十香词》，以这首诗歌嫁祸萧观音。

乙辛非常了解萧观音崇尚风雅的性格，他让单登带着这首词面见皇后，献媚地欺骗："这是宋国皇后所作，如果再能由咱们大辽皇后您亲手书写，堪称二绝。"

萧观音居然对曾经被自己贬斥的这个宫女毫无防范，她仔细阅读，觉得《十香词》每一首都描写身体的一个部位，题材太过香艳，但文采尚可，于是，真的亲手抄了一遍，甚至没有发现词中的漏洞——那句"凤靴抛合缝，罗袜卸轻霜"中的"合缝靴"不是宋朝的服饰。

她写完意犹未尽，认为宋朝皇后这首词虽然写得不错，但淫词艳曲实在耽误君王，自己作了一首《怀古》诗题在后面：

宫中只数赵家妆，败雨残云误汉王。
惟有知情一片月，曾窥飞燕入昭阳。

她原本是感叹西汉成帝的皇后赵飞燕误国，但是，再一次犯了致命的错误，她没有留意这首诗中竟然暗含有"赵惟一"三个字。乙辛犹如得到神助，单登也喜出望外："老婢女的淫案成了，皇上性格好猜忌，很快我们就能看到她粉红色的脖子挂上白练。"

公元1075年10月，乙辛向耶律洪基上了一道密奏，详细描述萧观音和赵惟一私通的细节，人证有婢女单登，物证就是萧观音亲手书写的《十香词》和那首《怀古》。耶律洪基暴怒，萧观音大哭辩解："皇后乃一国之母，已经是妇人所能达到的极致，何况我们儿女满堂，我何苦做出这种淫秽失德的事情？"

耶律洪基甩出《十香词》质问："这不是你亲手写的？还辩解什么？"

萧观音解释是单登骗她书写，耶律洪基却一眼看到了"合缝靴"："这不是你穿的靴子，难道是宋国的服饰？何况还有'赵惟一'三个字。"他盛怒中拿起一种叫"铁骨朵"的刑具向萧观音打去，几乎将结发妻子当场打死。

最后，这个案子交给了耶律乙辛继续审问，结局可想而知。

次月初三，辽道宗下令族诛赵惟一，同时勒令皇后萧观音自尽。

萧观音临死前祈求再见道宗一面，22年的共同生活都没让她明白，皇帝这时根本不会见她。她绝望地留下一首《绝命词》，面朝帝王所在的方向，自缢身亡。她死后，盛怒未消的辽道宗没讲半点情面，仅以苇席裹其裸尸，送归娘家。

26年后，萧观音的孙子耶律延禧作为辽朝最后一位皇帝继位，他为祖母平反，追谥为宣懿皇后，将乙辛开棺戮尸。

但是，那又能怎样呢？

气场关键词：第二自我策略

"社会角色转换定律"认为：在社会生活中，人们需要扮演很多不同的角色，随着时间和场景转换，即便是同一个人，她的社会角色也要随之变化。所以，如果希望人际关系更为融洽，应当扮演好在不同情境中的不同角色。

根据这种说法，在剧作家于尔根·沃尔夫的著作《专注力》当中，有一个非常有趣的策略，叫作"第二自我"。什么是"第二自我"？概括来讲就是，每个人都拥有不止一副面孔，而是具备多重性格。比如，我们和父母在一起，就会表现得像个孩子；跟伴侣在一起，会不由自主表现成对方喜欢的或者适合与对方相处的样子；跟领导在一起，自己热爱工作的那一面就自然流露；跟下属在一起，也会调整成一个领导的样子。

"第二自我"策略，其实就是让人在众多的性格中，找一种对目前任务最有效的性格出来，然后让这种性格主导自己的行为举止，直到任务结束。这不是"人格分裂"，而是对不同的人用不同的形象去沟通和交流，能够有效避免冲突。

毕竟谁都不可能用一张面孔面对所有人，那就不通人情了。

而蓝色"知性"气场很容易走入文艺女青年的局限，她们真的像萧观音一样，是用同一张面孔面对全世界，还试图用同一种方法解决所有问题，可是，仅仅"文艺女青年"这个单一的角色，不足以应对萧观音身处的复杂环境。

皇后这个职位，除了才华和品德，她还是一个管理型岗位，有点像分管人事行政的副总裁，得具备情绪稳定、执行力强、善于带团队的领导特质，所以，萧观音的结局既有冤屈，也有自取。

她的局面，换成历史上其他皇后，无论是双目失明却心如明镜的窦猗房，还是她本家的前辈述律平、萧燕燕，都未必惹祸上身。可是，多愁善感、执行力弱、防御力差是文艺女青年的三大硬伤，她们孱弱、敏感、不接地气，无法在暗黑的泥土中生根，需要太多阳光和雨露的滋润，就像一株细嫩的鲜花，架不住风雨摧残，永远无法长成大树。

什么是真正的"知性"？

知书达理自有风采，春风得意保持风度，时运不济仍有风骨，颠沛料峭风韵不减，斗转星移风格不改。任何时代，保持真正的"知性"都不容易，总有现实利益的诱惑，总有流年不利的打击，总有内心压力的摧残。

所以，当知性少了坚毅，就容易变得弱不禁风；当知性不懂变通，就容易变得呆板。

知性的女人尤其要学会转圜的技巧，毕竟女性的一生需要扮演好母亲、妻子、女儿、朋友、搭档等各种不同的角色，只用一种方法打不了通关。

李清照：绝世高手的代价

1

公元1132年，49岁的李清照状告一个名叫张汝舟的男人，罪名是"妄增举数入官"。宋代科举制度规定，参加科举考试的读书人考到一定次数，取得一定资格后可以授予官职，而张汝舟虚报应试次数，犯了欺君之罪。

这个张汝舟，是李清照的第二任丈夫。

此时，与她厮守前半生的结发夫君赵明诚已去世三年，金国人大举南侵，俘获宋徽宗、宋钦宗父子北去，时局一片狼藉，李清照与赵明诚倾尽半生心血收集的金石古玩在乱世中因被抢夺与流失减少大半，她贫病交加，出于生活和情感寄托改嫁给张汝舟。婚后仅百日，她发现张汝舟结婚的动机不是感情，而是为了获得自己手中珍贵的金石文物；此外，张汝舟还谎报信息，骗取官职。

这触及了李清照的道德原则底线，她提出解除婚姻关系，张汝舟断然拒绝。

怎样结束这段错误的婚姻，同时合理保护自己的财产呢？李清照准备状告张汝舟。

按照宋朝的法律，妻子不能起诉丈夫，女方指控男方，无论结果如何，女方都必须坐牢两年。一边是两年的刑期和社会舆论的嘲讽，一边是打落牙齿和血吞、继续貌合神离的夫妻关系，这个选择很艰难。

李清照宁可坐牢也要分手，她耐心搜集张汝舟的罪证，向官府举报。这个官司当时闹得很大，惊动了宋高宗，皇帝亲自委托司法和监察机构专项调查，经过核实，张汝舟确实虚报材料获得官位，于是撤除官职发配到广西柳州。

宋代的法律同时规定，如果丈夫被流放，妻子不但可以离婚，而且能够保有属于自己的财产。

于是，在被关押了九天之后，李清照重新获得自由。

谁能一眼望透人生的跌宕呢？至少对李清照很难，她的人生高举高打，开局太好。

公元1084年，李清照出生在文化底蕴深厚的家庭，父亲李格非进士出身，官至从六品的礼部员外郎，相当于现在的文化和旅游部下属的副司长。他的文坛地位也挺高，是苏轼的得意弟子，"苏门后四学士"之一。母亲王氏是状元王拱辰的孙女，家庭氛围"谈笑有鸿儒，往来无白丁"。

那时的宋朝经济非常发达，《风雅宋：看得见的大宋文明》中写道："汉代史书里需要大写一笔的富翁如果搁到宋朝，就是一名中产，宋朝一个中产的财富，是汉代同样阶层的10到30倍。由于富庶，宋朝人非常会享受生活，他们豢养宠物，在家里画插画，游山玩水逛公园，到瓦舍勾栏看表演，夏天还有冷饮，而且每天洗澡——同时代的欧洲人几乎是不洗澡的，宋朝人还用牙刷和牙粉清理牙齿。"

而在政治上，此时的北宋已经彻底废除王安石新法，正在从繁荣走向衰亡，这种隐患直接造成了李清照下半生的颠沛流离。

宋朝是中国历史上文明程度极高的朝代，经济富庶带来的生活便利，文化开放引发的思想多元，以及政治诡谲导致的人生离乱，构成李清照性格的底色。

李清照可不是温婉优雅型的大家闺秀，她相当"社会"，喝酒，赌博，写诗词，骨子里蕴含女人中少见但文化人里常见的猖狂气。你一定读过那首《如梦令》，那是她快活肆意，不拘繁缛礼节的少女时光缩影：

常记溪亭日暮，沉醉不知归路。

兴尽晚回舟，误入藕花深处。

争渡，争渡，惊起一滩鸥鹭。

我在溪边亭榭游玩，太阳将要落山，沉醉在美景中忘记了回家的路。尽兴尽意调转船头，却不小心驶入荷花深处，哎呀，怎么出去呢？怎么出去呢？划船声惊动了一群鸥鹭。

如果时光能够永远停留在这一瞬，该多好。

2

16岁左右时，李清照以一首《如梦令》红遍汴京：

昨夜雨疏风骤，浓睡不消残酒。

试问卷帘人，却道海棠依旧。

知否？知否？应是绿肥红瘦。

这首词红到当时文人都会背诵，李清照成为拥有大批粉丝的女作家。粉丝中有一位赵明诚，父亲是礼部侍郎赵挺之，和李清照的父亲李格非在朝中分处两个党派，两派在党争中矛盾异常激烈，按照常理，他和李清照不可能有交集，但是他偏偏爱慕李清照到了做相思梦的程度。

元朝人伊世珍在《琅嬛记》里记载了一个故事："赵明诚幼时，其父将为择妇。明诚昼寝，梦诵一书，觉来惟忆三句云：'言与司合，安上已脱，芝芙草拔。'以告其父。其父为解曰：'汝待得能文词妇也。言与司合，是词字；安上已脱，是女字；芝芙草拔，是之夫二字：非谓汝为词女之夫乎？'后李翁以女妻之，即易安也，果有文章。"

简单翻译一下就是，赵明诚做了个梦，父亲赵挺之解梦的答案是：儿子未来是"词女之夫"，当代最有名的女词人就是李清照，所以，两人婚姻天成。

公元1101年，尽管两家党派不同，李格非被赵明诚对女儿的真情打动，赵挺之对小儿子也没有寄予政治和仕途上的厚望，两家都不反对18岁的李清照和21岁的赵明诚完婚。

这是一段甜蜜时光。赵明诚和李清照醉心研究金石。金石学是中国考古学的前身，它以古代青铜器和石刻碑碣作为研究对象，特别是文字铭刻和拓片，偏重于著录和考证文字资料，达到证经补史的目的。赵家和李家家教严格，绝不纵容子女不劳而获，所以赵明诚虽然出身官宦家庭，但本人并没有官位，仅在太学读书，经济状况并不富裕。他每半个月告假回家，先步行到大相国寺去典当衣物，用这些钱购买碑文，也会细致地为妻子带回爱吃的干鲜果品。

古董价格昂贵，超过小夫妻的消费水准，有一回，两人一起看中南唐徐熙的《牡丹图》，留下来玩赏两日两夜后，想尽办法也筹不到足够的资金，只好还给卖家，相对惋惜了好几天。

情愫生于共同的志趣和相通的情感，这段时期的李清照心情愉悦，词风中也透着俏皮，比如婚后她作的《减字木兰花》：

卖花担上，买得一枝春欲放。泪染轻匀，犹带彤霞晓露痕。

怕郎猜道，奴面不如花面好。云鬓斜簪，徒要教郎比并看。

这首词里的女子硬要情郎评价：人与花，究竟谁更美？少年夫妻的郎情妾意啊甜。

可是，婚后第二年，夫妻就面对了第一场危机。

公元1102年，赵挺之青云直上，被提升为宰相，位极人臣；而李清照的父亲李格非则被划入旧党人员黑名单——宋徽宗御笔手书了300多人的名录，在其中一份中层官员名单里，李格非位列第26名，被罢黜官职逐出京城。皇帝甚至明文规定，宗室官员都不得与李格非这样上了黑名单的家族联姻，如果已经订婚却未交换聘礼和聘帖，立即退婚。

性格耿直清高的李格非深受打击，而同时面对父亲的政治失利和公公的步步高升，李清照的处境尴尬又艰辛。作为女儿，她理应支持父亲；作为媳妇，她不可能违逆公公。在这样的政治背景下，赵挺之作为重臣，却有李清照这样家族上了黑名单的儿媳，赵家和李清照各自心理压力都很大。19岁的李清照给公公写了一首诗请求出手相救，但是，她哪里懂得政治上的利害？这不是个人恩怨，而是利益集团之间的较量，赵挺之以官场逻辑划清界限拒绝施以援手，李清照备受打击，情急之下，她评价公公"炙手可热心可寒"。

而根据皇帝的诏令，李清照作为黑名单家族的女儿，不可再住京城，她离开汴京回到老家，夫妻经历两年的异地生活。

这期间，李清照创作不少表达分居思念的诗词，其中《醉花阴》脍炙人口：

薄雾浓云愁永昼，瑞脑消金兽。佳节又重阳，玉枕纱厨，半夜凉初透。
东篱把酒黄昏后，有暗香盈袖。莫道不销魂，帘卷西风，人比黄花瘦。

她把这首词寄到汴京给丈夫，直男做派的赵明诚第一眼没有被妻子的相思之情感动，而是大赞好词，甚至，他挖空心思准备写一首新词来超越妻子。闭门谢客憋了三天三夜之后，据说写了50首，然后把妻子的词夹在其中问朋友哪一句最好。朋友看了半天，指着其中一句说："莫道不销魂，帘卷西风，人比黄花瘦。"

赵明诚心悦诚服，自愧不如。

这个段子被流传为夫妻恩爱的佳话。可是，我中年再读，却在想：这种你追我赶的学习型家庭氛围，真的让人舒适与轻松吗？

3

真正的暴风雨于公元1107年来临。

赵挺之在官场斗争中败给蔡京，被迫辞去宰相官位，回家五天之后，经历数年政治风雨身心疲惫的赵挺之病逝，终年68岁。

赵家的灾难从此开始，赵明诚兄弟三人全部被罢免官职，遣返老家青州，一待十年，这时李清照24岁。

青州十年间，李清照给自己的住所取名"归来堂"，自号"易安居士"，来源于陶渊明《归去来兮辞》的题目和其中两句诗："倚南窗以寄傲，审容膝之易安。"一派淡泊名利的志趣。

也正是这十年，赵明诚完成金石学著作《金石录》，成为继欧阳修《集古录》之后规模更大的金石学专著，他因此成为宋代最杰出的文物收藏家。

不得志中，夫妻感情不错，还流传下"赌书斗茶"这样的段子：两人比赛记忆力，每天饭后坐在"归来堂"里烹茶，指着如山的古书要求说出某一件事记载在某一本书的第几卷第几页第几行，说中的人奖励一杯茶。可是，李清照说中之后举起茶杯得意大笑，一个不小心，居然把茶杯打翻在怀里，泼了自己一身茶水，既没喝上茶还淋湿了一件衣裳，自己想来都好笑。

对于这个典故，后来的研究者也曾说："在李清照看来，这自然增进了夫妻乐趣。但天长日久，落在赵明诚身上，则未免是人生苦趣。"面对好胜心强烈的"学霸"妻子，丈夫多少都有些心理负担，这时的赵明诚仕途停滞，尚且精力有余，应对得来。

在青州的那些年里，权臣蔡京等人逐渐失势，赵明诚兄弟得以重返官场，年年岁岁中总是山河故人，日月新天。

公元1111年，赵明诚已故的父亲赵挺之被追认恢复了司徒职位。公元1121年，41岁的赵明诚出任莱州郡守。

这个秋天，李清照到达莱州与丈夫团聚。可是，她的心情却并不愉快，独自坐在房里，丈夫忙于工作，无法像在青州时一样陪伴。她孤单地适应着陌生的环境，甚至比两地分居时更感到寂寞，以往的分居虽然人不在一处却心意相通，而莱州的生活，两人共处一室却无话可说，让人痛苦而感伤。

难道神仙眷侣也会遇到婚姻危机？

是的。

危机来源于孩子、感情和价值观。

李清照一生没有子女，宋朝经济发达，文化开放，但对女性的要求并不通达，不孝有三，无后为大，她的压力可想而知。莱州相聚时，李清照已38岁，才华与年华共同增长，赵明诚则事业得意，正当盛年。宋朝官宦家庭有蓄养歌妓和侍妾的习俗，苏轼、欧阳修等前辈文豪都如此，赵明诚也同样。在文字上极其聪颖的李清照，内心敏感而骄傲，她怎能像其他女子一样，容忍丈夫的感情被分流？现实的处境却容不得她反对——没有子女的女人，有什么理由阻止丈夫纳妾呢？即便赵明诚与其他女子也没有孩子，但不能生育的责任，在当时依然由李清照承担。

让李清照难堪的是，公元1128年，有人带来唐朝阎立本画的《萧翼赚兰亭图》，赵明诚爱画成痴，可他再也不像当年一样典当自己的衣物去买画，反而利用职务的便利把这幅画借走不再归还。以李清照骄傲的心性，自然很失望。

原本说好的白头偕老，为什么走到半路就在心灵上丢失了彼此？

原本约定的永不辜负，为什么中年的深情抵不住青春身体的吸引？

这是人性的艰难，还是李清照一个人的困惑？又或者，她实在超越时代太多，注定活得辛苦。

赵明诚为官公务繁重，他的重心早已不在妻子身上。李清照却依旧和从前一样充满情趣，雪天头戴斗笠身披蓑衣，沿着金陵古城远眺赋诗，得到佳句便邀请丈夫赓和。赵明诚实在是"每苦之也"，一方面自己才华不如李清照；另一方面，他也早没了当年三天三夜写诗要和妻子一较高下的心思，甚至互动都觉得累。

对夫妻感情影响巨大的事件发生在公元1129年，彼时赵明诚任江宁知府，虽然调任湖州，但离任手续尚未办理完毕，遇到城中武官叛乱，作为最高地方行政长官的他立即抛家弃城，与另外两名官员连夜从城墙放下绳子逃走。

不仅丢下满城百姓，更丢下与他结婚29年的妻子李清照。

这时候的夫妻，还可能是知己吗？

<h1 style="text-align:center">4</h1>

公元1129年，李清照路过和州乌江县，也就是西楚霸王项羽自刎处，她有感而发，写下著名的《夏日绝句》：

生当作人杰，死亦为鬼雄。至今思项羽，不肯过江东。

这是她的志趣，却不是赵明诚的写照，只是她万万没想到，同年的8月，赵明诚就在前往湖州上任途中突然病逝。

怎么说呢？

夫妻相伴29年，既有温润和美的少年情谊，也有矛盾逼仄的中年危机；既有志同道合的惺惺相惜，也有南辕北辙的性格冲突。

但是，他们毕竟是29年的伴侣，李清照大恸，为丈夫作《祭赵湖州文》，安葬完赵明诚，她大病一场。

自从1127年宋徽宗和宋钦宗被金国掳走，北宋国势每况愈下。赵明诚去世后，从公元1129年到1132年，李清照带着夫妻毕生收集的文物颠沛流离，先后投奔妹夫李擢、小弟李远，49岁时来到杭州。

她在杭州生病期间，遇到了篇首提到的花言巧语求婚的张汝舟。而经历完与张汝舟的婚姻纠葛，李清照已人到暮年，在最后的独居生活中重新获得平静。

公元1139年，南宋与金同和，南宋欢度元宵节那天，李清照写了《永遇乐·元宵》：

落日镕金，暮云合璧，人在何处。染柳烟浓，吹梅笛怨，春意知几许。元宵佳节，融和天气，次第岂无风雨。来相召、香车宝马，谢他酒朋诗侣。

中州盛日，闺门多暇，记得偏重三五。铺翠冠儿，捻金雪柳，簇带争济楚。如今憔悴，风鬟霜鬓，怕见夜间出去。不如向、帘儿底下，听人笑语。

她此时56岁，华发丛生，独自一人。这首词的起始二句"落日镕金，暮云合璧"，写落日晚晴，正是欢度节日的好天气，意境开阔，色彩绚丽。紧接"人在何处"四字，点出自己的处境：漂泊异乡，无家可归，同吉日良辰形成鲜明对照。

那时的她，语气看似平淡，实际却心情凄凉沉重至极。

郑振铎在《中国文学史》中评价李清照："是宋代最伟大的一位女词人，也是中国文学史上最伟大的一位女词人。"

中国上下五千年才女很多，但当得起"千古第一才女"的名号，只有李清照。

可她卒年不详，传说终老于73岁。

气场关键词：断舍离

《断舍离》是日本作家山下英子的超级畅销书，首次出版于2009年。

山下英子毕业于早稻田大学文学部，是日本著名的杂物管理咨询师。她的"断舍离"概念核心是指：断＝不买、不收取不需要的东西；舍＝处理掉堆放在家里没用的东西；离＝舍弃对物质的迷恋，让自己处于宽敞舒适、自由自在的空间。

"断舍离"这个概念不仅使用于现实生活中的空间管理，对于内心空间的管理同样适用：它没有凭空想象什么是幸福，而是先明确究竟有哪些东西对自己来说是不幸福的，果断放弃让自己痛苦的事物，从而活得更加开阔。

作为一个超越时代的女人，李清照如果不懂得"断舍离"，她会活得特别艰难。

她人生的分水岭早早出现在19岁，之后遭遇了三次重大人生挫折：第一次来源于父亲被罢官；第二次来源于丈夫赵明诚被罢官，后来又在战乱中病逝；第三次则来源于张汝舟的骗婚。尤其"改嫁"和"闪婚闪离"这两件事让李清照在很多年里饱受争议。她不是传统的婉约派，她的学识和思想在很多领域超越了同时代的男性，所以，即便起初心意相通的结发丈夫，走到中年也很难理解李清照的心境。

第一次婚姻表面上嫁给了爱情和才情，但是在真实的生活中并不全是美好，"千古第一才女"同样必须经历每个普通女人都会面临的婚姻、孩子和三观不合的问题；第二次婚姻被骗婚，让李清照集中爆发了"断舍离"的勇气和谋略。

蓝色"知性"气场往往具备非凡的才华，可必须承认的是，假如一个女人立志成为某个领域最顶尖的高手，那么她修炼的第一项就是：耐受寂寞。马尔克斯在《百年孤独》中曾说："生命中曾经有过的所有灿烂，原来终究，都需要用寂寞来偿还。"

文学和艺术对于观众是欣赏，对于作者却是一个人的寂寞与狂欢，它并没有想象中那么浪漫。天才极少幸福，而幸福的人也极少有颠覆世界的作为，每一种生活各有精彩和缺憾，完满几乎不存在。

普通女人如果希望拥有普世的幸福，很重要的一点是：看清时代，不要超越太多。每个时代的先行者都是寂寞的，如果没有耐受孤独的承受力，千万不要选择"当一个高手"这条艰难的路。

所以，蓝色"知性"气场的底层结构其实是：以丰富的学识，形成自己独特的价值观，"断舍离"那些无干的杂念、杂事和杂人，从而活得从容。

黄道婆：普通女性怎样展示价值

1

在徐汇区龙吴路的上海植物园内，有所三间瓦房的祠堂，曾经农历每月初一、十五、元旦、春节，从清晨五点开始，便有年长的男女香客烧锡箔、点香烛，或四面磕头，或三拜九磕头，寄托对祠堂主人黄道婆的敬仰。

黄道婆祠，建于公元1295年，被战乱至少毁坏过数十次，却总有人重建，从未间断。近800年间，多少人显赫一时终究一抔黄土无人记挂，黄道婆恰巧相反，《元史》有47本纪、6表、97列传和53志，见不到关于她的一个字记载，她却在民间传奇中犹如神灵。

多年前的春节，有位在祠堂祭拜的七旬老太太虔诚地说：

"伲（我）祖上世代纺纱织布，黄道婆是伲（我）纺织的先祖，有了她才有'松郡棉布''衣被天下'，祭拜黄道婆是我家祖祖辈辈传下的规矩。"

公元1245年左右，南宋晚期淳祐年间，乌泥泾镇（即今天的上海华泾镇），农户黄家的第四个女孩降生，长辈潦草起名"黄四娘"。小姑娘生于乱世，南宋的经济状况越来越差，同时期的御史谢方叔曾痛心上书宋理宗：

> 豪强兼并之患，至今日而极，非限民名田有所不可……今百姓膏腴皆归贵势之家，租米有及百万石者。小民百亩之田，频年差充保役，官吏诛求百端，不得已则献其产于巨室，以规免役。小民田日减而保役不休，大官田日增而保役不及。以此弱之肉，强之食，兼并浸盛，民无以遂其生。

江南地区农民的土地纷纷被官户兼并，官户赋役极少，普通百姓却要在土地越来越少的状况下承担更多赋役，年年如此，恶性循环，小农户不断破产。

这段记录描述了幼年黄四娘真实的生活场景。由于贫困，她12岁被卖至宋家做了童养媳，不堪苛责后逃走，人们猜测她逃到道观中被收留做了道姑，所以后来才有了"黄道婆"这个名字。

乱世中道观也不安宁，中原地区战乱频繁，蒙古大兵南下，百姓为躲避战乱纷纷南迁，13岁的黄道婆半夜躲进停泊在黄浦江边的海船，背井离乡来到海南。

今天的度假胜地海南岛，曾经是历代官吏流放地，苏轼晚年就曾经被流放海南四年。在黄道婆的时代，海南因位置偏远，地广人稀，远离战火纷争，成了流民南迁的理想之所，黄道婆在海南居留了30多年。在今天三亚市崖城镇水南村，有一座缺少维护、严重倾斜的"迎旺塔"，被称为"南海第一塔"，当地人又叫它"黄道婆塔"，如今塔边是一所小学，而700多年前，这里有一座名为"广度寺"的庙宇，黄道婆就住在这里。

水南村人口构成复杂，有汉族也有黎族，当地流通六种方言，其中一种叫作"军语"，与黄道婆家乡的方言相近，给她带来了交流的便利。此外，水南村还住着许多贬官谪臣、戍边士兵、商人流民，其中流放到崖州的15位贤相名臣之中，有10人都住在水南村，这里就成了海南政治、经济和文化的中心，来自全国各地的新移民带来不同地域的人文和技术，尤其是与日常生活息息相关的丝、麻、棉纺织工具和技艺。

2

正是在这乱世中的宁静孤岛，汉族华美精致的丝织技能遇上了黎族朴素精细的棉织技术。

中国棉花种植与纺织历史悠久，早在汉代，边疆地区的棉织品就以进贡或贸易往来的方式传入中原地区。宋末时期，虽然棉花栽培已推广到长江和淮河流域，但由于丝、麻等替代品的存在，棉纺织技术一直未被足够重视。

但在海南不同，《后汉书·南蛮西南夷列传》记载："武帝末，珠崖太守会稽孙幸调广幅布献之，蛮不堪役，遂攻郡杀幸。"

孙幸以"广幅布"献给汉武帝，纺织这些布料需要大量少数民族的工匠人工劳作，工匠们难以忍受劳动强度，于是攻陷珠崖郡，杀死孙幸。这里让孙幸惹上杀身之祸的"广幅布"，就是海南特有的棉布，它"幅广五尺，洁白不受垢污"，从汉代开始，大受欢迎。

到了宋代，黎族女子的花织、色织、杂染技术越发高超，南宋时期黎族有20多种棉布品种作为贡品进献都城临安，她们的棉纺织技艺在当时遥遥领先，黎族棉织品至今流传下来的图案多达120种。虽然技艺高超，工具却很落后，黎族纺织方法相对原始，采用腰织，就是把丝线一头缠在树上，一头缠在自己腰间，席地而坐，进行织布。

黄道婆在水南村，既见识了黎族棉纺织工艺的精湛，同时熟悉了汉族纺丝纺麻的技术，她以本能的聪慧察觉到这两者定有相融之处。于是，30多年间，她向海南各族女子请教当地的纺织技术，比对汉族传统工艺，一次次实验和试错，最终融会贯通，成为宋代纺织业界宗师。

没有任何资料详细记载她为此付出的种种心血，可是，只要了解她的成就与发明，便明白那是怎样无价的贡献——她仿佛中国棉纺织业的爱迪生。

她对弹棉用的弓进行改进，加强了弹棉的质量和速度，弹弓于15世纪传入日本，被称为唐弓；

她配合弹棉弓增加使用弹椎，代替人手击弦，同样提高了弹棉效率，而弹椎甚至被沿用至今；

她改制三锭脚踏纺车，使得原本三四名工人纺纱才供得上一架织布机的单锭纺车效率是原来的两倍，日产棉纱可达半斤，而且强韧不易断裂。

这些看起来都是小事，可是，让人丰衣足食、安乐富庶的技艺，又有几件是大事？所谓的幸福感，无非是细密踏实的日常生活，而黄道婆，是一位真正具备"工匠精神"的女子，敬业、精益、专注而创新。

3

30年间，海南偏远安稳，中原却动荡飘摇。

1271年，忽必烈在大都（今北京市）建国号为"大元"。

1273年，元军攻破樊城，襄阳城破，南宋全境纳入元朝版图。

1279年，南宋最后的小皇帝赵昺与皇族八百余人，以及众多忠于南宋政权的大臣和军队，在崖山跳海殉国，传说第二天浮出水面的尸体就有十万具，南宋彻底灭亡，此时黄道婆已经34岁左右。

明代郑廷鹄《平黎疏》中记载："臣尝考今昔剿除黎患者，见二大举焉。元至元辛卯（1291年），黎叛，十月渡师。又明年七月深入，黎巢尽空。"

1291年，海南黎族爆发大起义，迫使元朝廷统治者调兵渡海镇压，官军直驱五指山，烧杀掳掠使黎族受到毁灭性打击，十分残酷。这场暴动持续三年，黎族人民付出了巨大代价和牺牲，由于战争，还引发了瘟疫的流行。

此时黄道婆年近50岁，原本平静的生活被战乱和瘟疫打乱，人到中晚年，越发思念故土，她想念家乡松江府乌泥泾，此时的松江府在元朝治理下，环境比海南更宜居。

随着人口内迁，南方人口增长迅猛，原有的丝麻纺织品远远不能满足普通人的需求，江南地区迫切需要新的材质代替原有织品。棉，就在此时进入人们的视线。元朝开国不久，元世祖忽必烈即"首诏天下，国以民为本，民以衣食为本，衣食以农桑为本"，把元代棉花种植业由边疆少数地区迅速扩展到全国。生活在宋、元之间的程钜夫在《送人赴浙东木绵提举》中写道："曾历金华三洞天，风流历历记山川。……访古但闻羊化石，因君又喜木生绵。"

因此，在黄道婆返回松江之前，棉花已经在浙江一带广泛种植。元朝政府为了推广植棉和棉纺织业，甚至硬性规定农户植棉，强行要求百姓缴纳棉布实物税。公元1289年，元世祖在浙东、江东、江西、湖广、福建等地设置木棉提举司，令民"岁输木绵十万匹，以都提举司总之"——这是中国古代首次向民间征收棉花实物贡赋。

百姓对棉织品的需求越来越大，江南地区的棉纺织技术却非常落后，供不应求。公元1295年，年过半百的黄道婆带着研究了30年的棉纺织技术回到家乡。

"黄婆婆，黄婆婆！教我纱，教我布，两只筒子两匹布。"

这首简单的民谣从古唱到今，表达了黄道婆归乡之后，给当地棉纺织业带来的变化。《南村辍耕录》记载："初无踏车，椎弓之制，率用手剖去子，线弦竹弧置案间，振掉成剂，厥功甚艰。"在最开始，松江人想要用棉花纺纱，需要手工去籽、弹松、纺织等加工过程，非常艰难。黄道婆做了什么？《南村辍耕录》继续说："（黄道婆）乃教以做造捍、弹、纺、织之具，至于错纱、配色、综线、挈花，各有其法。以故织成被、褥、带、帨，其上折枝、团凤、棋局、字样，粲然若写。"

黄道婆发明和改进了各种工具，用于棉织的各个步骤上，瞬间提升棉布生产效率，质量好、速度快，解决了元朝百姓日常生活中"穿衣"这个大问题。

比如棉花加工的第一步是去棉花籽，最初，这个工作非常复杂，没有工具可以使用，完全依赖手工，而当年的黎族人则用铁杖去籽。

1273年，元朝廷颁布的《农桑辑要》记载了这种办法："待子粒干取下，用铁杖一条，长二尺，粗如指，两端渐细，如赶饼杖样。用梨木板，长三尺，阔五寸，厚二寸，做成床子。逐旋取绵子置于板上，用铁杖旋旋，赶出子粒，即为净绵。"即便如此，效率还是很低。

黄道婆回乡后，反复观察思量，受到海南用两轴相轧去除棉籽的启发，发明专门用来去棉籽的工具——搅车，利用杠杆、曲柄碾轴等力学原理，来给棉花去籽。这功劳正如王祯后来在《农书》中所说："凡木绵虽多，今用此法，即去子得绵，不致积滞。"

黄道婆的搅车疾速提升了生产效率，而美国的惠特尼直到1793年才研制出同样给棉花去籽的轧花机，比黄道婆的搅车晚了400多年。

但是，黄道婆的发明不止于此。

除了改革工具，黄道婆还把黎族先进的棉布织染工艺带回家乡推广，使松江府乌泥泾棉布质量大大提高，甚至成为当地特色商品。

她改进棉布的花色，把海南黎族流行的"絜花"（提花）与苏松地区盛行的织造麻绸的技艺结合，运用于棉织品，创造出"乌泥泾被"。当时，提花织品数量稀少，"乌泥泾被"迅速流行，附近上海、太仓等县竞相仿效。

清代褚华在《木棉谱》中如此记载："旧传黄道婆能于被、褥、带、帨上作折枝、团凤、棋局花文，邑人化而为象眼，为绫文，为云朵，为膝襕、胸背。明成化间，流闻禁庭，遂织造龙凤、斗牛、麒麟袍服，而染大红、真紫、赭黄等色，工作胥隶，并缘为奸，一匹有费至白金百两者。"

这段复杂的描述实际表达的是，原本贫穷的松江府乌泥泾，由于黄道婆带来的各项棉织技术而成为棉纺织生产中心，那些精美的布匹做工精湛，一匹上等品甚至价值白银百两。

到了元末，当地从事棉纺织业的居民近1000家，赢得"松郡棉布，衣被天下"的美誉，历经数百年而不衰。

16世纪初，这个区域一天产布万匹。

从18 世纪开始，松江布远销欧美，获得世界级的声誉。

4

黄道婆人生最后的时光，全部投注到改进和传播棉纺织技术之中。

民间传说，她85岁去世，此后人们对她的纪念从不间断。上海徐汇区华泾镇有黄道婆墓、黄道婆纪念馆；在上海中学内有"先棉楼"建筑；黄浦区有"花衣街"、先棉祠街；豫园的得月楼、跋织亭内还有很多与棉纺织有关的字画和木刻图案。

上海市市花如今是白玉兰，但很少有人知道，1929年4月，新成立不到两年的上海特别市在报刊上公开评选市花，棉花名列第一。

黄道婆被公认为上海棉业创始人而被尊为"先棉"，她让万千百姓穿棉衣御寒，她催生了一个新兴产业，带动一方经济，既是一个普通女子，也是被百姓敬仰的奇女子。

抱歉，关于黄道婆的史料极其少见，我无法拼凑和杜撰出惊心动魄的细节，但我由衷敬佩这位踏实的女性。

历史中并不只有权谋富贵、刀光剑影，女子也并不只会风花雪月、诗词吟咏，仅靠这些支撑不起中国上下五千年的恢宏与繁荣，普通人的安居乐业和智慧勤勉才是最庞大的力量，他们聚沙成塔、集腋成裘，用微小却不容忽视的力量推进着历史。

气场关键词：专精定律

蓝色"知性"气场会被习惯性划入文艺青年专属气场，这就有点缩小了"知性"的含义。的确，和蓝色气场的其他三位女性代表——李清照、谢道韫、萧观音相比，黄道婆没有典型的文艺气息，她的创造力也不表现在诗词歌赋，而在于对中国棉纺织业的诸多发明创造。

"知性"这个词原本是德国古典哲学常用的术语，康德认为知性是介于感性和理性之间的一种认知能力。假如这样来看待黄道婆，她确实很"知性"，虽然出身平凡、境遇普通，却扎扎实实改变了一个巨大的领域，"衣食住行"是人生在世的基础，或者说得通俗点，爱情和文化都是"活下来"之后才会考虑的问题，而黄道婆解决的正是"活下来"这个人类最基本的问题。

蓝色"知性"气场在黄道婆这里，具体体现为：务实。

"务实"的人讲究实际、实事求是，也是中国农耕文化较早形成的民族精神。中国文化非常广博，不该被忽略的正是注重现实、崇尚实干，那些没有在历史书里留下姓名的普通女人排斥虚妄，拒绝空想和华而不实，她们像黄道婆一样追求充实而有活力的人生，只是她们出身低微而且没说听起来高大上的话，所以文字没有记录她们的名字。

专精在一件事物、一个研究领域，才能有发展、有发明、有创新，这被称为"专精定律"。"专"代表专注、专一、专业，"精"代表不断精进的工匠精神。

所谓"成功"，不过是在自己从事的行业和领域做到顶尖。

黄道婆13岁背井离乡来到海南，30年里广泛学习和改造不同民族纺织技术，成为宋代纺织业宗师。她的发明创造都是提升生产效率的具体改良措施，看上去是小事，可正是这些踏实朴素的小事，改善了百姓的服装质量，降低了服装成本，更催生了一个新兴产业。年近50岁，黄道婆回到故土，把多年研究的先进棉纺织技术传播到更广阔的空间，并且不断改进。

在黄道婆有记载的一生中，没有惊心动魄的爱情，没有事关生死的重大抉择，也没有留下华丽的诗文，但是，人的价值是多维度的，"知性"也并不只有一个衡量标准，找准最擅长的领域，在力所能及的范围内最大限度地提升核心竞争力，做好一个发光发热的普通人，同样非常"知性"。

第六章
黄色"第一印象"气场

黄色气场明媚活泼，开朗好动，充满创意和热情。只是炽烈很难长久，前路漫漫，谁都不可能人见人爱，简单到极致既有可能是智慧，更有可能是单调和乏味。

所以黄色气场有自己的保鲜期，这种特质的女性在年轻的时候特别招人喜欢，年龄渐长后如果没有加入其他颜色气场的调和，容易显得过于单一。

良好的第一印象固然是先发优势，同样需要后续的加分项持续发力，才能不断自我增值，保持原本的优势。

甄洛：哪些女人容易失恋

1

史书并未记载她的真名。

因为曹植《洛神赋》被好事者传为写给她的爱情诗，所以，她总被称作"甄宓"或"甄洛"，我们姑且也叫她甄洛。

甄洛出生在中山郡无极县，父亲甄逸官职是"上蔡令"，相当于县长之类的地方行政长官。甄家有八个孩子，三男五女，甄洛是最小的女儿，因此格外受到珍爱。据说，她出生后经常哭闹蹬被子，但家人却仿佛看到有人拿着玉衣盖在她身上，惊叹不已。曾经有一位叫作刘良的相面先生见到她连连感叹：此女贵不可言。

当然，这是中国古代描写王侯将相惯用的笔法，每当奇人出现，总会有人梦见紫云、祥龙、玉石、神马等等，突出他们生来与众不同。

甄洛八岁，原本是孩子顽劣的年龄。有一天，门外锣鼓喧天耍马戏，姐姐们兴高采烈地登上阁楼观看，唯独她没有凑热闹。姐姐们问她为什么不看，她说："这种喧嚣场景，女孩还是离远一点。"

九岁时，她经常借用哥哥们的笔砚写字，三位哥哥调侃："女孩子家，学学女红就好，你这么爱读书，难道想做女博士？"甄洛答："古代的圣贤女子，大多饱览群书，不读书哪里会有见识呢？"哥哥们非常惊喜，她也争取到了学习机会，很快写得一手好字，诗歌也文采飞扬。

甄家非常富有却身处乱世，希望用粮食换取金银等硬通货保全平安。甄洛当时十岁，她对母亲说："现在兵荒马乱，饥民们没有错，那些藏富而见死不救的人才有罪。我们的粮食不如救助乡里，善举才是内心的慈悲。"

甄家非常重视孝廉和为人的品性，觉得这个女孩见识不一般，采纳了甄洛的意见。

甄洛的命运并不平顺，三岁父亲去世，十四岁家里的顶梁柱二哥也过世，她的母亲严厉持家，对待失去丈夫的二儿媳并没有特别宽容。甄洛认为母亲对二嫂过于苛刻，于是劝说："嫂嫂年轻守寡还带着孩子，已经非常不容易，您应该比哥哥在世时对她更好，把她当成自己女儿一样善待，不该过分苛求。"

母亲很听甄洛的劝，对二儿媳态度明显好转。甄洛于是主动请求与二嫂同住，方便帮忙抚养侄子，二嫂内心很感激。

她这样被富养的女孩，大多有自己独立的见识和志趣，不至于过度钩心斗角，城府深厚；而女人的教养很多体现在细节之中，小处温婉厚道的女孩，长大也不太可能基因突变得变得狂放出格。

所以，甄洛与小自己十岁的曹植有私情这个小道消息的真实性让人怀疑，叔嫂相恋这样的戏码不像她的性格。

2

曹丕与甄洛第一次见面，她正遭遇家破人亡。

那时，曹操与宿敌袁绍开战，甄洛正是袁绍的二儿子袁熙的妻子。袁绍战败，曹操的次子曹丕手提利剑指挥兵马冲入袁府，穿越雕梁画栋，踏过亭台楼阁，他在这里邂逅了如传说中一样美的甄洛。甄洛正和自己的婆婆刘夫人一起躲在房间里，曹丕闯入内室，她非常害怕，不知怎样的命运正在等待自己，把头深深埋入婆婆怀里。刘夫人双手环抱着她，既是保护也是彼此依靠，乱世人命如草芥，何况是刚刚失去丈夫和儿子的女人？

曹丕指着甄洛对刘夫人说："夫人您不必这样惧怕，请问她是谁？请她抬头相见。"

刘夫人答："是袁熙的媳妇。"随后，刘夫人亲自抬起甄洛的脸庞，曹丕一见，《魏略》只用了七个字：颜色非凡，称叹之。

曹丕走后，阅尽世事的刘夫人松了口气，对甄洛说："放心吧，我们不会死了。"

不久，曹操知道了儿子的心意，做主为他迎娶了年长五岁的甄洛。

还有一个不太可信的版本，说曹操同样迷恋甄洛，可惜被曹丕先得，内心失落不已。可是，野心勃勃的曹丕当年刚刚十七岁，正处在争夺继承人的关键时期，怎么敢去抢父亲喜欢的女人呢？

曹家父子三人曹操、曹丕和曹植，若论文学才华，曹植最高，曹操其次，但曹丕却诗、赋、文皆能。他的诗歌大多表现富贵公子的游宴生活，流传至今的辞赋有26篇，既叙写国家大事，也抒发个人情怀，比如《述征赋》《感物赋》《寡妇赋》等。诗赋之外，最能体现曹丕文学思辨才华的，是他的文，像《与吴质书》《答繁钦书》和著名的《典论》，尤其，《典论·论文》是中国文学批评史上第一部专论。

　　这样的曹丕和满腹诗书的甄洛，是一对情趣相投的少年夫妻。那时，他们也曾宴饮赋诗，琴棋唱和，也曾携手同游，窗下细语。甄洛备受宠爱，儿女双全，儿子是后来的魏明帝曹叡，女儿被封为东乡公主。聪慧的甄洛很清楚，自己曾经是曹家仇人的儿媳，曹丕身边权力斗争复杂，更要低调，所以她主动对曹丕说：帝王都有众多妻妾，才能保证子孙绵延，希望你也对其他夫人雨露均沾，有更多的皇子继承事业。

　　她的以退为进让曹丕更加钟爱，甚至，很快废了原配任夫人，专宠甄洛。

　　宫廷女子，再情深意长，也没有完全的"白莲花"或者"傻白甜"，太单纯的女人根本活不下来。权力的扭曲下，骨肉之情尚且不堪一击，何况爱情？甄洛虽然口头拒绝专宠，实际却无时不在与其他妻妾争夺曹丕的注意力。她明白韶华易逝，仅靠姿色与男人的承诺越来越难与后起之秀竞争，于是，她善解人意地寻求曹丕母亲卞夫人的欢心，找到更踏实的支撑。

3

　　心机是个贬义词吗？

　　爱情是奢侈品，"活下来"却是必需品，如果心机让人活下来，怎么能不使用呢？

甄洛听说卞夫人生病，急切要求前往孟津照料，可她居住的邺城距离孟津几百里路，战况复杂，曹丕自然不让她去。她急得日夜哭泣，即使探报传回卞夫人已经痊愈的消息，她依旧不信，说："夫人在家，身体偶尔不舒服总要拖一段时间，这次哪可能痊愈得那么快？你们肯定是安慰我罢了。"直到卞夫人回信确实康复，她才安心。卞夫人返回邺城，甄洛殷切地随着曹丕出城迎接，卞夫人的车马远远出现时，她已高兴得泪流满面，周围人都被她的孝心打动。

卞夫人走下车轿，感动流泪说："你这样记挂我，其实这次只是小病，十多天确实好了，不信你看我的脸色。"她拉着甄洛的手对左右夸赞："媳妇真孝顺。"

还有一次，甄洛生病，一双儿女随同卞夫人和曹操南下进击孙权，第二年才返回。她迎接时，卞夫人开玩笑："你和儿女分开那么久，不想念他们吗？"甄洛也微笑："他俩随着奶奶，被照顾得那么好，我还有什么可担心的呢？"

轻轻巧巧的一句话，既夸了卞夫人，也显得自己大气，她确实是聪明女人。

只是，甄洛不像她的婆婆卞夫人，政治才干与治家才能兼备，她更类似文艺女青年与贤妻良母的综合体，她的才华更多体现在文学造诣与善于处理家庭关系方面。

而此时，曹丕的需求已经慢慢发生了变化。

男人不同人生阶段欣赏的女人各异。少年时，情窦初开，爱慕于让他怦然心动的丁香一样雅静的少女；青年时，心驰神往，向往人群中卓然而立、美好出众的女子；壮年时，雄心勃勃，热爱在事业上与家庭上能助他一臂之力、自由驰骋的成熟女人；中年时，需要年轻的生命激活自己的青春，走出中年危机；再往后，知天命的年龄，又需要知晓冷热的伴侣唠家常、忆往事。

未必是甄洛不好，但爱情已经从乍见之欢，过渡到了久处相厌，中年夫妻彼此审美疲劳，而帝王的喜新厌旧，来得格外残忍。有时，你什么都没做错，只是错在他再也不爱你了。

4

郭贵嫔取代甄洛成为曹丕最爱的妻子。

她不仅比甄洛更年轻，也更有政治智慧，辅助曹丕顺利夺取世子的位置，是他需要并且欣赏的情感知己和事业伙伴。公元221年，曹丕全家搬迁到洛阳，甄洛被留在邺城的旧宫殿，洛阳与邺城在今天的百度地图上相距约272公里，三国时期，这是遥远的距离。

曹丕为什么留下甄洛？有人说是郭贵嫔的挑唆，也有人说是甄洛自己的选择，甚至，甄洛还三次拒绝了曹丕的皇后册封。

但无论什么原因，她都早已成为丈夫身边可有可无的人。

那段忧郁的时期，甄洛写下了她唯一流传的诗歌《塘上行》：

蒲生我池中，其叶何离离。傍能行仁义，莫若妾自知。
众口铄黄金，使君生别离。念君去我时，独愁常苦悲。

想见君颜色，感结伤心脾。念君常苦悲，夜夜不能寐。

莫以豪贤故，弃捐素所爱？莫以鱼肉贱，弃捐葱与薤？

莫以麻枲贱，弃捐菅与蒯？出亦复苦愁，入亦复苦愁。

边地多悲风，树木何修修！从君致独乐，延年寿千秋。

据说，正是这首悲凉感伤的诗触怒了曹丕。

公元221年8月的一天，夏日的低气压让人透不过气，一群意外之客闯入邺城旧宫，向甄洛宣读了丈夫曹丕赐死她的诏书——很难想象她当时的心情，是愤恨、挣扎、绝望、心碎，还是任何一种我们无法体味的盛极而衰、荣极而落的心境。

当40岁的她，端起曾经亲密无间、许诺照顾一生的人亲自赐的毒酒时，是否想起17年前，也是同一个人，惊艳于她的姿容神态，一见倾心？

可是，真正的爱并非乍见之欢，它是时光深处的久处不厌，只是很多人的爱情都抵挡不住岁月，在中途折戟沉沙。

后来的故事，有一个特别残忍的版本。甄洛死后，被就地草草埋葬在邺城，情敌郭贵嫔担心她死后魂魄告状，下令埋葬时把头发披在脸上，用糠堵住她的嘴，让她的灵魂无法见人，又有口难言。

这段传说，《三国志·魏书·后妃传》中并没有记载，很难相信它的真实性，对于一个死去的女人，这种多余的残忍是否还有必要？公元226年，曹丕去世，甄洛的儿子曹叡即位为魏明帝，坚决为他的生母平冤昭雪，追谥甄洛为"文昭皇后"，扩建母亲的陵墓，对甄氏家族大加封赏，仿佛甄洛用自己的早逝，为家族换取了泼天富贵。

可是，这对她，又有什么意义呢？她的情怀，都在那首《塘上行》
的诗里：

蒲草长满水塘，叶子隐约眺望。如你宽厚正直，不说我心也知。
不知谁的谗言，使你终究离去。我们相距遥远，唯有苦苦思念。
…………

一声叹息。

气场关键词：首因效应

具备黄色"第一印象"气场的女性，在男女刚刚相识的阶段非常加分，这由"首因效应"决定。

"首因效应"是美国心理学家洛钦斯提出的，也叫第一印象效应，指的是交往双方形成的第一次印象对今后交往关系的影响。第一印象是人们在短时间内以片面的资料为依据而形成的印象，心理学研究发现，与人初次会面45秒内就能产生第一印象，主要是综合了对方的性别、年龄、外貌、表情、姿态、衣着打扮等方面的印象，判断出他的内在素养和个性特征。

很显然，第一印象并不客观，却会决定双方交往的进程，这就是"先入为主"带来的效果。如果女性在初次见面时给人印象良好，别人就会愿意与她接近。相反，如果初次见面让对方反感，今后扭转过来可不容易，对方会持续态度冷淡，甚至处于对抗状态。

甄洛个人条件极好，在"首因效应"的作用下，曹丕对她一见钟情是再自然不过的事。

但是，第一印象就像荷尔蒙，也像美貌，保质期短暂。人们总说爱情是奢侈品，最核心的原因不在于相爱有难度，而是在于养护成本太高，久处之后还长期依恋太不容易，第一印象的惊艳大多难敌时间的磨损。所以，心理学家才研究出一段成熟的感情必须经过四个阶段，分别是：共存期、反依赖期、独立期和共生期。

第一阶段：共存。这是热恋时期，两个人不论何时何地总希望能腻在一起。

第二阶段：反依赖。感情稳定后，激情会退去一部分，这时至少会有一方想要多一些个人空间去做自己的事，如果另一方不理解，就会感到被冷落，进而产生矛盾。

第三阶段：独立。这是第二阶段的延续，爱情的某一方或者双方都要求更多独立自主的时间。

第四阶段：共生。经历过前三个阶段，伴侣双方的相处之道已经成形，两个人不会互相牵绊，而转化成了共同成长。

这四个阶段所需时间长短因人而异，遗憾的是，大多数情侣或者夫妻只度过了第一和第二阶段，没有到达第三阶段已经矛盾重重。一段成熟的感情不可能永远新鲜如初，中年夫妻审美疲劳很正常，过度沉浸在初相识阶段的热烈甜蜜当中，必定难以接受磨合期的阵痛，也就无法到达平稳的共生期。

这个残酷的爱情定律对于普通人不难接受，可是对于甄洛这样自然条件卓越的女人却很难释怀，她也在努力调整与曹丕的相处模式，可总是处处透着别扭，就像无论她怎样表达大度，那首哀怨的《塘上行》还是暴露了她真实的内心，她故作的不在意，无非是希望引起曹丕的在意。

这是黄色"第一印象"气场的女性普遍存在的问题，她们通常后续力量不足，很难接受感情由浓转淡、境遇盛极而衰、外貌从葱茏变得苍老，她们开局太好，耐挫性却不足。

大小周后：管好自己的运气

1

如果不当皇帝，他们倒是在其他领域才华过人。

宋徽宗，出色的书法家，不仅创立"瘦金体"，更对绘画发展贡献重大。他设立了画学，并正式纳入科举考试之中，招揽天下画家，将画学分为佛道、人物、山水、鸟兽、花竹、屋木六科。

明熹宗，顶尖的木匠和发明家，他做的玩具木人神态各异，五官四肢惟妙惟肖，老百姓在不知情的状况下也愿花重金购买。他甚至设计出了折叠床，建造了中国最早的喷泉，设置好机关把木球置于水尖上，木球就会随着水柱跳跃。

南唐后主李煜，开创词风先河，在他之前，词以艳情为主，他的作品扩大了词的题材和意境，佳句信手拈来："流水落花春去也，天上人间""胭脂泪，相留醉，几时重？自是人生长恨水长东"。

可是，让他们坐上王位却角色错位，都是著名的昏君和亡国之君。大周后和小周后既是南唐最后一位国君李煜的王后，也是一对年龄相差14岁的姐妹。南唐政权建立于公元937年，975年灭亡，是五代十国时期版图最大的国家，定都江宁，即今天的南京。

童话故事中，考验与磨难都发生在王子与公主结婚前，结局必须是"王子和公主幸福地生活在一起"，然而现实里，真正的痛苦往往从婚后开始。

大周后小字娥皇，大名据说叫周宪，父亲周宗是南唐开国功臣，大周后自幼生活优渥，既博览群书又能歌善舞，琵琶弹得尤其好，好到什么程度？有一次，南唐国君李璟大寿，周娥皇演奏祝贺，琴声清脆悠扬如珠落玉盘，听者无不沉醉，李璟当即赏赐宫廷珍藏的国宝"烧槽琵琶"给她。烧槽琵琶又叫"焦尾琴"，传说由东汉著名文学家、音乐家蔡邕亲手制作。他从烈火中抢出一段尚未烧完、声音异常的梧桐木，依据木头的长短、形状制琴，琴尾留有焦痕，取名"焦尾"。

除此之外，大周后"采戏弈棋，靡不妙绝"，放在今天，就是兴趣广泛的优等生，下棋打牌掷骰子，雅俗共赏，非常有生活情趣，过着无忧无虑、小公主一般的生活。

她与丈夫李煜，应该相识已久。李煜是六皇子，没有继承皇位的负担，却由于一只眼睛有两个瞳孔的特殊相貌深得父亲李璟宠爱，在古代的相术中，"重瞳"被视为圣人才有的奇相，少年时期的李煜，恰逢南唐国力稳固，府库充足文化鼎盛，他在安乐的环境里，是个名副其实的"小王子"。公元954年，李煜18岁，周娥皇19岁，在父皇李璟的主张下结为夫妻，两人既门当户对又性情相投。

那么，小公主与小王子是否按照童话的安排，从此幸福一生？

2

皇家夫妻的运势与国势密切相关，而李煜与周娥皇婚后，南唐国力由富强逐步转向贫弱，连续用兵战事不断。

李煜22岁时，他们的长子仲寓出生。南唐已经因为几次兵败求和割让了江北十四州献给后周政权，包括今天的河南、江苏、安徽、湖北一带，不但如此，其君主还被迫去掉皇帝的尊号，父亲李璟自称"江南国主"，可谓屈辱至极。

24岁那年，北方的赵匡胤取代后周，建立宋朝，与南唐对峙。

25岁，宋朝与南唐之间形势越来越严峻，南唐被迫放弃都城江宁（南京），迁都到洪州（南昌）。雪上加霜的是，李煜的五位兄长全部去世，最不想当皇帝的六王子成了皇位继承人。对于别人这是大幸，对于李煜却是沉重的负担，在他的教育体系中，从来没有成为优秀国君这个项目。

也正是这一年，李煜与周娥皇的次子仲宣出生，父亲李璟去世，悲喜交加中，他登上国主之位，册封周娥皇为国后，接下了风雨飘零的南唐政权。

即位后，李煜派中书侍郎冯延鲁入宋进贡，宋太祖赵匡胤有点仗势欺人地威胁："朕的将军都劝朕早日渡江攻取南唐，你觉得怎样？"

冯延鲁不卑不亢地回答："陛下英明，我们江南小国，自然抵挡不住。但南唐也有数万精兵，都是和先主共同打江山的亲兵，誓同生死，陛下若想同他们较量也未尝不可。但南唐有大江之险，陛下若久攻不下，粮食匮乏，恐怕后院起火。"

冯延鲁说完，宋太祖意味深长地笑道：

"朕只是戏言，切勿当真。"

冯延鲁的话延缓了北宋攻打南唐的计划，此时的宋朝刚刚建立，稳固政权是头等大事，无意间成全李煜当了14年国主，获得了"千古词帝"的称号。

即便国家动荡，李煜与大周后的婚姻生活依旧很有乐趣。周娥皇是后宫潮流天后，她创造了"高髻纤裳"和"首翘鬓朵"的发型与妆容，"高发髻，窄腰裙，头上簪翠翘，鬓角别花朵"，既有唐代遗风，又更加紧凑简洁，引得宫人争相效仿。

大周后美得有趣味，她曾经与李煜在雪夜对饮，酒到酣时，举杯邀请丈夫共舞。李煜打趣说："如果要我跳舞，除非专门为我新谱一曲。"大周后随口吟唱，挥笔而就，写成《邀醉舞破》，她创作时"喉无滞音，笔无停思，俄顷谱成"，才华了得。

她还主持了《霓裳羽衣曲》的修补。《霓裳羽衣曲》是唐代歌舞的集大成之作，安史之乱后失传，李煜曾搜寻到残谱请宫廷乐师修缮，结果都不如人意。于是大周后考订旧谱谬误，增删调整为新曲，并以琵琶弹奏，让乐曲清越可听，焕然一新。

轻歌曼舞中他们仿佛没有意识到，北有宋朝虎视眈眈，而《霓裳羽衣曲》虽是盛唐杰作，作者唐玄宗与杨贵妃却最终是"马嵬坡下泥土中，不见玉颜空死处"的悲剧结局。当时有通晓音律的乐师提出："旧谱确实较为缓慢，新曲节奏急促，恐非吉兆。"这对痴迷音乐的夫妻，似乎在末世狂欢中逃避，吉兆与凶兆都敌不过在旋律中淡忘现实的安抚。李煜寄情歌舞词曲，荒废政事，监察御史张宪直言劝谏，李煜大度地赏赐他精美丝帛三十匹，表彰他敢于直言，却依然故我，丝毫不收敛对音律和诗词的痴爱。

或许他心里非常清楚，有些逃不过的事，早晚总会到来。

<h1 style="text-align:center">3</h1>

小公主有生老病死，小王子有爱恨别离，无论尊荣与平凡，都有各自的无可奈何。

李煜二十八岁那年，相继失去儿子和妻子。起初大周后患病，将只有四岁的次子仲宣置于别院抚养。谁知仲宣在佛像前玩耍时，大琉璃灯被猫触落摔得粉碎，仲宣惊吓成疾，竟然夭折。大周后病中丧子，椎心泣血，病情加重，李煜衣不解带陪伴在妻子身边，药必亲尝，水必亲饮，即便如此也无力回天。知天意的大周后对丈夫说："我有幸嫁入宫门十余年，作为女子的尊宠也不过如此，我很知足。只是孩子早夭，我也时日不多，恐怕无法再照料你。"她取出当年赏赐的烧槽琵琶和平日佩戴的约臂玉环，交给李煜道别。

三天后，她突然支撑着病体要求沐浴更衣，又将一只玉蝉含在口中，安静地在瑶光殿与世长辞。

那年大周后二十九岁。

痛失爱人，李煜的悲伤难以言表，他遵从大周后遗愿，将另一把她心爱的金屑檀槽琵琶陪葬，写了无数字句悼念亡妻。他在《挽辞》里写道："前哀将后感，无泪可沾巾。"失去儿子的悲伤还没有缓解，你便追随而去，我心如枯槁却欲哭无泪。

他在《梅花》里感怀：

殷勤移植地，曲槛小栏边。

共约重芳日，还忧不盛妍。

阻风开步障，乘月溉寒泉。

谁料花前后，蛾眉却不全。

我与你携手将梅花移植在这里，相约共赏花期，如今赏花人却只剩我形单影只。

此外，《昭惠周后诔》是李煜传世作品中最长的一篇，感人肺腑的悼亡诗句中，他甚至自称"鳏夫煜"。

假如只看这些往事与诗歌，李煜与周娥皇的爱情可称得上是只羡鸳鸯不羡仙，然而，现实并非如此。大周后卧病期间，另外一个女子已经悄然走入李煜心中，逐渐取代了前任女主人的地位。

她就是大周后的妹妹——小周后。

小周后据说小字女英，大名周嘉敏。姐姐与李煜成婚时她只有五岁，由于亲眷关系从小经常出入宫廷，深得李煜的母亲钟太后喜欢。大周后病时，小周后刚刚十五岁，正是女孩情窦初开的年纪，她以探病的名义频繁进入内廷，被称赞"警敏有才思，神彩端静"，她和李煜的爱情大约萌生在这段时间。

李煜曾写过一首《菩萨蛮》：

花明月暗笼轻雾，今宵好向郎边去。刬袜步香阶，手提金缕鞋。

画堂南畔见，一向偎人颤。奴为出来难，教君恣意怜。

月色朦胧，花儿娇艳，我心怀忐忑与你相见。怕惊扰他人，我只穿着袜子迈上台阶，手中还轻轻提着自己的绣鞋。终于在画堂南畔见到你，依偎在你怀中，我依旧情难自禁地心颤。你怎知我偷跑出来多么不易，请一定珍惜当下，好好把我爱怜。

这是一首非常大胆的艳情词，李煜描绘他与小周后婚前的幽会，将男女之间心动情浓的缠绵写得入骨三分，至艳而不淫。

搁在平常，这对璧人郎才女貌无可厚非；可那时，正值大周后病入膏肓、来日无多，自己的亲妹妹和丈夫如此急切地相爱，有几分顾及她的感受呢？

文艺男青年的爱情并不坚定，他们欣赏白玫瑰的静谧娴雅，也爱慕红玫瑰的妩媚热烈，甚至，每一段感情都能够自由切换、无缝对接。从文字揣摩文艺男青年的爱情，似乎每一段看上去都像唯一，却每一段都有续集，爱博而情不专。

传说，重病的大周后隔着寨幔看见妹妹没有被宣召便待在宫中，有点惊讶地问："你什么时候来的？"年轻的小周后没有意识到姐姐已经怀疑自己和姐夫暧昧，她轻松地回答："进宫好几天了。"敏感的大周后立即明了，她谈不上是愤怒还是感伤，从此面壁而卧，至死都不肯回头再看妹妹一眼。

久居深宫的大周后，能理解妹妹对国君姐夫的动情，也能体谅丈夫移情其他三宫六院，只是，这对至亲难道不能慢一点，避人耳目一点，让故人不至于如此心寒吗？

4

公元968年，李煜为母亲服丧期满，皇后之位空缺已有四年，便立小周后为国后。于是，小周后在十九岁嫁给原本的姐夫，此时李煜三十二岁。仅仅四年的时间，他先后丧父、丧子、丧妻、丧母，北方的宋朝不断强盛，悬殊的实力让他早已失去帝王的雄心，一再委曲求全，不断向宋朝纳贡，在家事与国事的双重打击中，他更加沉湎于宫闱。

小周后与大周后性格迥异，她少年心性，受专宠而任性。《南唐书》记载，小周后善妒，她得宠期间宫中不少美人遇害，有位姓黄的嫔妃意外幸免，原因是当初侍奉小周后时，纡尊降贵，尽足礼数，显得与世无争。

即便如此，李煜对小周后的纵容和宠爱都超过大周后。小周后喜爱香薰，李煜专门为她设置司香宫女，焚香用具有把子莲、三云凤、折腰狮子、小三神等等，全部用金玉精制而成，名称讲究，功能精细多达数十种。

为了陪她玩乐，李煜用嵌有金线的红丝罗帐装饰墙壁，以玳瑁为钉；又用绿宝石镶嵌窗格，以红罗朱纱蒙在窗上；屋外种植梅花，在花间设置彩画小木亭，仅容二人坐；每逢春暖花开，就以隔筒为花器插花，置于梁栋、窗户、墙壁和台阶上，号为"锦洞天"。

两人在此赏花对饮，躲在自我营造的奢华温柔乡里，暂时忘却现实的严酷。小周后才华、心性与风度都逊于姐姐，她更像一株菟丝花，依赖着原本就不够坚强的丈夫。

被忽略的问题依旧是问题，强大的宋朝就在身边，哪里能容他国在自己枕边酣睡？小周后与李煜过了七年安逸奢靡的婚后生活，公元975年，宋朝铁骑踏破金陵，李煜奉表投降，南唐灭亡。小周后与后宫群臣等四十五人，随李煜一起被俘送到开封，宋太祖赵匡胤封李煜为"违命侯"，封小周后为"郑国夫人"。

一国君主变成阶下囚，虽然名义上封侯，却是一个"违命侯"，过着比囚徒更难堪的生活。傲慢的宋太祖赵匡胤时常对他激言相讽，李煜在寄给金陵故人的信中描绘自己的处境："此中旦夕只以眼泪洗面。"

宋太祖死后，宋太宗赵光义即位，对李煜更加尖刻。有一次宋太宗到崇文院，召来李煜观书，指着一柜子典籍对他说："听闻你在江南时非常喜欢读书，这些都是从你原先的宫殿里拿来的，不知你读了多少哇？"李煜听后满脸羞愧，无话可说。

被俘后衣食无忧，精神却极度压抑，文人心性的李煜时常表现出不满和对故国的怀念，这种纤细的情怀严重触怒了宋太宗。公元978年的七夕，在开封度过两年软禁生活的李煜，迎来自己四十二岁生日，他在家中作乐庆贺，写作了最著名的作品《虞美人》：

春花秋月何时了，往事知多少？小楼昨夜又东风，故国不堪回首月明中。

雕栏玉砌应犹在，只是朱颜改。问君能有几多愁？恰似一江春水向东流。

这首词惹得宋太宗大怒，认定他眷念故国，存心复辟，于是命人送去一壶酒敬贺生日。李煜毕竟曾为帝王，他从来人肃穆的表情和酒杯精细的雕刻中猜出死期已至，在沉默中吞下毒酒。君主经常用这款"牵机药"赐死臣子和妃嫔，它的主要成分是中药"马钱子"，服用后破坏中枢神经系统，导致人全身抽搐，头部与足部相接，如同织女牵引织机织布一样，极度痛苦，所以被形象地叫作"牵机药"。

以李煜的软弱，国家都保不住，谈何复辟？他看起来缺乏审时度势、杀伐决断的胆魄，烂漫天性和君主之位难以调和，他有浅吟低唱的才华，却没有经天纬地的能量，在角色错位中成了一出悲剧。

小周后随同丈夫的败落一同陨落。

"国亡，从后主北迁，封郑国夫人。太平兴国二年，后主殂，后悲哀不自胜，亦卒。"正史关于小周后人生最后三年仅有短短二十九个字记载，野史却传闻她多次被宋太宗强迫临幸。

历史上还有哪位亡国的王后，如同她一般，被消费得如此下作？

李煜死后，人生了无希望，小周后绝食相随，她的记忆宁愿只停留在郎情妾意的那一晚：

"花明月暗笼轻雾，今宵好向郎边去。划袜步香阶，手提金缕鞋。画堂南畔见，一向偎人颤。奴为出来难，教君恣意怜。"

气场关键词：核心竞争力

黄色"第一印象"气场的女性就像周宪和周嘉敏姐妹一样，经常身怀一两项绝佳的才艺，比如弹琵琶、跳舞、唱歌、绘画，这些技艺让她们从人群中脱颖而出，非常耀目，但是，才艺只能是女人的附加值，却不一定是她的"核心竞争力"。

"核心竞争力"是一个人能够长期获得竞争优势的能力，是特有的、经得起时间考验的、具有延展性的能力，并且竞争对手难以模仿。人的核心竞争力划分成不同层次，比如生活里的核心竞争力，职业和家庭中的核心竞争力。

生活当中的核心竞争力有一个非常方便的测算方法：

找到身边十个人，包括老友、亲人、初识却相处不错的朋友、上司等与你有不同关系的人，请他们用五个词语形容你。把大家提到的词语收集起来，看一看最多的是哪五个，又有哪一个是重叠度最高，那么这个词语就是你在别人眼里最突出的特点。

职场上找准核心竞争力，可以问自己几个问题：我最擅长什么？我在工作当中哪方面能力是不可取代的？我的这项能力对企业或者机构能起到关键作用吗？如果是，恭喜你，你的职业发展通常都会很顺利。

明确自己的核心竞争力，就会了解个人强项在哪里，能力边界又在哪里。根据核心竞争力选择工作和生活方式，至少不会又累又没有成效。

周宪、周嘉敏和李煜，他们仨的核心竞争力其实挺强——弹琵琶、熏香和诗词，遗憾的是，这几项能力没有一个和他们选择的生活匹配。作为国主和王后，怎么能完全不懂政务管理，怎么能假装看不见艰难的时局？

黄色"第一印象"气场的优点和缺点都非常明显，一旦处理不好就会表现出很强的负面特质，它的脆弱性决定了难以长久，稍不留神就会转化为肤浅和无知；握了一手好牌当然是幸运，而幸运是一种稀缺资源，容易乐极生悲，灾难反而降临得更快。

所以，黄色"第一印象"气场比其他气场更需要硬核实力的支撑，周宪、周嘉敏和李煜却都没有。

纤弱娇艳的女子在盛世是一道风景，在乱世只能是一曲悲歌。如果可以，哪个女人不希望一辈子做个"小公主"呢？幼年被父亲疼爱，成年被丈夫呵护，如同大周后和小周后，她们生于三朝元老之家，出身足够优越，嫁得足够好，但她们的能力和角色错位了，抵挡不住真实的动荡。

"小公主"们的风险在于：豪绰的背景可能是星星，用漫天星光照耀你；也可能瞬间跌落成陨石，狠狠砸过来，你得有本事不被重量打成碎片。平民的孩子始终记得，即便什么都没有，自己还有牙齿，再难的事咬咬牙总能撑过去；但大多数小公主，都像精致的瓷器一般易碎。

周家姐妹和李煜的不幸确实是一出命运悲剧，但是他们原本有机会做得更好一点，不至于毫无还手之力。

管道昇：最圆满的结局

1

中国历史上珠联璧合的文艺夫妻档，前有李清照与赵明诚，后有管道昇与赵孟頫。但是，相比李、赵二人中年之后国破家亡的离乱和分歧，管道昇与赵孟頫则更像一个正常的家庭。

李清照难得在于，从一片男人世界中，硬是以才华开天辟地，截获只属于自己的盛名，她被称为"千古第一才女"，而不是"赵明诚夫人"；管道昇罕见在于，她以"赵孟頫夫人"的身份料理家务，完全符合主流社会对于"贤妻"的需求，却保持了自己独立的艺术风骨和成就。说得通俗点，"事业家庭双丰收"的才女极其罕见，管道昇是其中佼佼者。

赵孟頫，字子昂，号松雪道人，南宋末至元初著名书法家、画家和诗人，与欧阳询、颜真卿、柳公权并称"楷书四大家"，绘画作品更被视为"神品"。2017年，甘肃天庆博物馆以1.909亿元拍下了赵孟頫的《般若波罗蜜多心经》，还被视为捡了便宜，他任何一件作品从未在最近八年的拍卖市场上低于1500万。

除了书画，赵孟頫的官运也相当好，受元世祖忽必烈赏识，官至翰林学士承旨、荣禄大夫，去世时获赠魏国公，谥号"文敏"。

有意思的是，关于管道昇的事迹，基本全部来自最亲近的丈夫赵孟頫笔录，不像其他女子，第一手资料通常源于其他人的记载。赵孟頫是有多么喜欢夸赞老婆，他亲笔为妻子撰写了《魏国夫人管氏墓志铭》，除了常规的怀念与挽悼，更多的是一位文化大家对近乎同等高度的另一位文化大家的赞赏。

毕生被宗师般的丈夫欣赏，不用说古代，即便当代，也是难得，管道昇究竟神奇在哪里？

管道昇，字仲姬，公元1262年生于浙江吴兴，时逢南宋末年。管家是当地望族，传说祖先是春秋时期管仲的后代，由于战乱从齐国逃到吴兴安家落户。管氏家族在当地深得贤名，居住地被称为"栖贤山"。管道昇的父亲管伸，行为洒脱正直，以侠义之名被当地人尊称为"管公"。他与妻子周氏只有两个女儿：长女管道杲擅长书画，小女儿管道昇天赋过人，诗词歌赋几乎不用刻意学习，就能很快精通。

管伸异常怜爱小女儿，把她当作男孩培养，优质教育使管道昇成长为吴兴才女。

公元1279年，管道昇18岁，南宋灭亡。社会飘摇，开明又宝贝女儿的管伸不愿她在乱世中匆忙出嫁，便留女儿在家里一直待到28岁，精挑细选之后，才把她嫁给36岁的大龄男青年赵孟頫。

赵孟頫出身显赫，他所在的赵家是宋太祖的第四子秦王赵德芳后代。赵德芳还有个更被人熟知的称呼叫作"八贤王"，因为被皇帝赐宅第于湖州，这一支赵家人迁居湖州。赵孟頫14岁就因为家世入补官爵。南宋覆灭后，既是宋朝宗室也是前朝官员的赵孟頫，生活环境动荡，他的母亲要求："圣朝必收江南才能之士而用。你不多读书，如何超乎常人？"于是，赵孟頫蛰居在家，潜心研究，书画俱佳。

公元1286年，他被元世祖忽必烈赏识，次年被元朝廷任命为正四品的兵部郎中，有了才华和家底的铺垫，这才入了管伸的法眼，娶到著名才女管道昇。

赵孟頫在《魏国夫人管氏墓志铭》里写："夫人生而聪明过人，公甚奇之，必欲得佳婿。予舆公同里闬，公又奇予，以为必贵，故夫人归于我。"

翻译过来很有趣："我夫人天生聪明得不得了，岳父那是宝贝得一塌糊涂，一定要找到乘龙快婿，最好还是同乡。岳父左挑右选认为我将来前途无量，这才把女儿嫁给我。"

墓志铭原本悲叹的基调，被赵孟頫这么放胆自夸，顿时不觉沉重，反而是回忆里情难自禁的俏皮，赵孟頫一边赞美夫人，一边不忘记表扬自己也很优秀。

2

公元1289年春天，28岁的管道昇嫁给36岁的赵孟頫，这个结婚的年龄在当时几乎属于极品晚婚，但是，两个情绪稳定的成熟男女，在处理家庭关系上也更有智慧。

管道昇与赵孟頫在家庭中的分工从婚姻之初就非常明确，为了丈夫安心为官治学，管道昇侧重持家，将家里家外打理得井井有条。她对外接待宾客，遇到家人得罪了外人，必定立即登门道歉，把误会掐灭在萌芽中；遇见亲朋好友经济窘迫，她毫不吝啬金钱，大方周济；她礼数周全，逢年过节祭祀祖先，一定穿戴隆重，准时操办。

这些记载均出自赵孟頫自己撰写的《魏国夫人管氏墓志铭》，字里行间满满对夫人的感念。他的弟子杨载也说："老师向来不愿意把时间精力多花在琐事上，全部交由师母打理，从不因为家事分心，才能全心投入到诗书中去。"

但是，赵孟頫并不是甩手掌柜，他在生活中被妻子照顾，志趣上却是妻子的"尊师"。

在宋末元初书画领域，赵孟頫的影响无人能及，他的书法称雄一世，篆、隶、行、草无一不精，绘画更是登峰造极，以管道昇的聪慧，怎么能放过身边的导师？

她在《修竹图自识》中写道：

墨竹，君子之所爱者。余虽在女流，窃甚好学。未有师承，难穷三昧。及侍吾松雪十余秋，傍观下笔，始得一二。偶遇此卷闲置斋中，乃乘兴一挥，不觉盈轴，与余儿女辈玩之。仲姬识。

她说：我画画虽然没有老师，难以学到精髓，但我有个好老公呀，跟随老公偷学十多年，也能得到几分成绩。偶尔看到这幅卷轴闲置在书房，趁着兴致挥毫泼墨，不知不觉中完稿，和孩子们一起赏玩作乐。

赵孟頫自号叫"松雪道人"，管道昇文中的"松雪"说的就是他。

赵孟頫特别欣赏妻子"偷师",他在《管仲姬渔父图并题卷》中写道:"吴兴郡夫人不学诗而能诗,不学画而能画,得于天然者也。"

"得于天然",一方面指管道昇天资聪颖,另一方面也是她常与丈夫外出游历山水,从大自然中领会真意。比起同时代其他男人把妻子藏在家里,恨不得以"拙荆""贱内"称呼,赵孟頫对夫人则是十足的骄傲和欣赏。他们两人曾经一同在鸥波亭观雨,留下了《赵松雪管仲姬鸥波亭图》。

赵孟頫还把与妻子的日常唱和写成了小诗《与师孟书》,寄给了朋友:

山妻对饮唱渔歌,唱罢渔歌道气多。

风定云收中夜静,满天明月浸寒波。

意思是:我与妻子对饮,偶尔互相唱和,夜深人静,月光如水,原本这世界只有你我。

甚至,赵孟頫特别喜欢给妻子的书画题字,他在《题管道昇梅竹卷》上以老婆的口气写:

窃见吾松雪,精此墨竹,为日既久,亦颇会意。

偷偷学习我家老公的松雪,因而精通画竹,耳濡目染之间,也很得真传。

这两个人的"夫妻相"不仅是志趣相投,连字迹都很相似,明代书画家董其昌曾经评价这夫妇俩字迹难分彼此:"管夫人书牍行楷,与鸥波公殆不可辨同异。"

赵孟頫甚至可以模仿妻子的字迹帮她给亲人回信。

管道昇的作品《秋深帖》曾引起过学者们的争论。《秋深帖》笔力扎实、秀媚圆润，是管道昇写给婶婶的家书，蹊跷的是名字落款的"道昇"二字，明显是由"子昂"两字修改而来。赵孟頫字子昂，很显然，是他在替妻子回复家书时，写得兴起居然错署了自己的名字，发现之后又根据字体的形态修改勾画了"道昇"两字。夫妻俩的字迹，你中有我，我中有你。

3

即便"你中有我，我中有你"，婚姻依旧有波折。

好的婚姻是人间，坏的婚姻是地狱，但婚姻里并没有想象中完美的天堂，管道昇和赵孟頫同样有中年危机。

明朝蒋一葵撰写的纪传体通史《尧山堂外纪》中记载，五十岁的赵孟頫提出纳妾，但他毕竟是文人，又与妻子多年感情融洽，于是写了首小令试探管道昇的底线：

我为学士，你做夫人。岂不闻陶学士有桃叶、桃根，苏学士有朝云、暮云。我便多娶几个吴姬、越女何无过分。你年纪已过四旬，只管占住玉堂春。

夫人啊，即便大学士苏东坡都有朝云、暮云这样知情达意的妾室，我就算娶几个美貌的江南女子也没什么。尤其夫人年过四十，我敬你是家里唯一的女主人，给足名分可好？

很难想象管道昇看到这首小令时的心情，却可以还原夫妻二人那些年的生活。

宋朝被元朝推翻，赵孟頫在改朝换代中的官宦生涯并不顺遂，他性格正直耿介，为官毫不圆滑。

一次，朝廷召集大臣讨论刑法，大部分官员认为贪污满至元宝钞（元代的纸币名称）二百贯，都应该判死罪。但实际情况却是，随着多年的通货膨胀，这二百贯早已大幅贬值，用贬值的宝钞决定官员生死，判罚太重。于是，赵孟頫反驳："刑法人命关天，必须轻重有别，我奉诏参与商议，不敢不言。"他这番言论显然不合以刑法残暴著称的蒙古贵族心意，即便有忽必烈的赏识，也始终无法进入真正的核心圈层。

而他作为宋朝宗室后裔，却在元朝为官，原本宋朝的遗臣极其瞧不上这种"没有气节"的行为，连他的好朋友、著名诗人戴表元都写了首《招子昂饮歌》，劝说他不要出仕元廷。可是赵孟頫没有听从，他认为学问无边界，鸿鹄之志也不应该为朝代的更迭和家世殉葬，在元朝为官同样是施展抱负。

可惜，在改姓易代的时节，原本的宋朝遗臣看不起他，当今的元朝官员同样轻视他，甚至有一回，他犯了一点小过错就被宰相桑哥脱去衣物，在大庭广众下实施鞭刑，颜面扫地。

一方面被元世祖忽必烈赞叹为"神仙中人"，一方面从来没被当作过自己人，赵孟頫犹如暗夜蝙蝠，被两个阵营排斥，心情的负累随着官位渐高而越来越沉重。

大约也正是这个时期，他遇见歌姬崔云英。

一个年近五十的男人，事业遭遇瓶颈，与结发妻子的感情也进入平淡期，以赵孟頫的身份和地位，在那个年代提出纳妾，从事理上说，不算过分。

可是，婚姻怎能只说事理而不讲情理呢？

不会有人比管道昇更了解赵孟頫的心境，丈夫的无奈与挣扎她一路相伴，但是，她很清楚自己的底线：绝不与任何女子分享丈夫的感情。

婚姻里，谁是对的，谁是错的？什么要说清楚，什么要装糊涂呢？男女各有困惑，活得太清醒不如活得很通透。清醒，是凡事都要弄个明白、讨个说法的执着，的确容易发现和得到机会，但也容易因为太较真而伤人伤己；通透，是一颗"玲珑心"，该明白时明白，该迷糊时装个糊涂，丁是丁，卯是卯去划边界，那刀子往往扎在自己身上。

管道昇这样圆润的江南女子，自有处理的章法。

她研磨、铺纸、提笔、挥毫，写下这首经典的《我侬词》：

你侬我侬，忒煞情多，情多处，热如火。

把一块泥，捻一个你，塑一个我。

将咱两个，一齐打破，用水调和。

再捻一个你，再塑一个我。

我泥中有你，你泥中有我。

与你生同一个衾，死同一个椁。

老赵啊，我们两情相悦，共历风雨，早已不分彼此。就算打破重来，那也是你中有我，我中有你，夫妻的至高境界是生死不离，听着，你身边不能有其他女人，除了我。

老实说，我丝毫不觉得这首小令悲情，那口语化的表白既婉转动听，也绵里藏针。爱情和婚姻是两种状态，浓烈的爱情依托于电光石火的碰撞，长久的婚姻则来自于静水深流的安定。

管道昇清楚自己的优势，更明白丈夫的软肋，她用一首小令拨回丈夫错乱的心弦，使家庭复归平静。据说，赵孟頫从此绝口不提纳妾，夫妻俩还把这两张字笺工整地誊写下来，贴在案旁，时不时开个玩笑。

4

在充满情趣的家居生活中，赵家一门出了七位书画家：

次子赵雍不仅擅长山水画，也精通人物鞍马，书法方面正、行、草书都端正典雅；

孙子赵麟，是赵雍的第二个儿子，擅长人马、山水，书画深得父亲与祖父的精髓；

第三子赵奕，元代隐士，他的行书《梅花诗》笔法既传承父亲，也在行笔结字上有突破；

女儿赵由晳，书法行云流水，作品存世极少，代表作《家书帖页》收藏在美国普林斯顿大学；

外孙王蒙，与黄公望、吴镇、倪瓒合称为"元四家"；

这些子女和孙辈，加上赵孟頫和管道昇夫妇，正好七人。

晚年的赵孟頫政治抱负始终无法实现，萌生退意。知夫莫若妻，管道昇写了《渔歌子》劝他归隐山林，赵孟頫随之唱和，留下了两人最著名的诗歌。

遥想山堂数树梅，凌寒玉蕊发南枝。山月照，晓风吹，只为清香苦欲归。南望吴兴路四千，几时回去霅溪边。名与利，付之天，笑把鱼竿上画船。

老赵啊，不用为了名利而失去自在，心无负累才是人生乐事。

渺渺烟波一叶舟，西风木落五湖秋。盟鸥鹭，傲王侯，管甚鲈鱼不上钩。侬住东吴震泽州，烟波日月钓鱼舟。山似翠，酒如油，醉眼看山百自由。

夫人，你说得很对，天高海阔的无拘无束，是王侯将相也换不来的自由啊。

我特别喜欢这对夫妇，他们浑厚的书卷气和婚姻的烟火气丝毫不违和，字里行间的柔情，和画里画外的蜜意，总让人会心一笑。

夫妻各有长短，难得在于取长补短；夫妻各有所好，可贵在于投其所好；夫妻各有艰难，珍惜在于排忧解难。

公元1318年，管道昇病重，赵孟頫多次上书请求陪伴夫人，终于在次年四月得旨回家照料妻子，于25日离开大都。谁料5月10日，管道昇便病逝在临清舟中。赵孟頫悲痛万分，亲自撰写《魏国夫人管氏墓志铭》，他在文里不吝笔力地称赞妻子，希望后世依然记得有这样一位气质娴雅，才情出众的女子，善书法、工绘画、扶老携幼，样样拎得起。在墓志铭的最后，赵孟頫说：

东衡之原，夫人所择。规为同穴，百世无易。

他亲笔书写了他们最后的故事，了却一生情缘，从此无力操持官场，只在家中书写《度人经》悼念妻子。

三年后，赵孟頫病逝，生同衾，死同椁，与发妻管道昇合葬。

气场关键词：前馈思维

黄色"第一印象"气场在恋爱这样的冲刺比赛中很占优势，但是在婚姻这种耐力长跑中，则需要加入其他气场特质的调和，否则会因为短暂的吸引经不起时间考验，很容易熄火。管道昇提供了一种非常聪明的方法，她处理两次危机时，都用到了"前馈思维"。

年近五十的丈夫赵孟頫要纳妾，写一首小令来试探她的底线，她也回赠丈夫一首小令。词里不对丈夫的提议做任何情绪反应，只是提出自己的要求——"与你生同一个衾，死同一个椁"，意思很明显：你我早已是共生体密不可分，你如果执意要纳妾，结果看着办。她没有说一句硬话，却态度鲜明干脆利落，断了丈夫纳妾的念头。

丈夫不受朝廷重用萌生退意，她不纠结得失，不做利害分析，而是从两个人生活的初衷讲起，既然原本的梦想就是"自在"，那么早日归隐山林又有什么遗憾？她从结果出发，去慰藉丈夫患得患失的心境。

反馈，是对过去做法的对错给出建议。而前馈，强调的是做好哪些事情才能应对下一阶段的新生活。做反馈，很容易让对方觉得是你在指责他，是他自己做错了，容易激起对方心理上的愤怒和反击；而做前馈，由于展望的是未来，就不会让对方立刻树立起心理防线，变得很警惕。

所以，听说丈夫要纳妾，管道昇只说"今后生死相随"，而不是质问赵孟頫为什么要纳妾，也没有抱怨他为什么变心了，更没有发火说"你怎么这样对不起我"。丈夫官场憋屈，管道昇陪伴他憧憬归隐后的生活，而不是和他一起分析"你为啥当官当不好""宰相是不是故意害你""你确实没有当官的能力那就退休"。

"前馈"是从结果出发的思维方式，从自己想要的结果来逆推出应该采取的行为，因为很清楚自己要什么，所以不容易跑偏。"前馈"有效弥补了黄色"第一印象"气场冲动、短暂的特质，就像导航规范了行车路线一样，让人非常清楚第一步做什么，接下来再做什么。

明白自己要什么的管道昇始终活得挺幸福，尤其难得的是，这种幸福不是努力维持的辛苦，而是轻松舒展的愉快。

出嫁之前，她是深得父亲宠爱的名门才女，十指不沾阳春水；出嫁之后，她从无半点娇小姐脾气，立刻切换到"主妇"模式为家庭打理琐事。她明白"站在什么山上唱什么歌"，也很清楚人生不同阶段的目标，游刃有余地从原生家庭过渡到婚姻阶段。

她的通透保持了黄色"第一印象"气场的明艳特质，既做到了开局顺利，也收获了结局美满。

后记 / 你是什么颜色的气场

李筱懿

我问过几位女孩："为什么对'气场'这个话题那么关注？"她们的回答归纳起来就是："气场全开才有范儿，有范儿才能不被欺负，不被欺负才能活得不委屈！"

原来是这样啊。

这个答案很像"高情商就是八面玲珑、会说话"，其实都是巨大的误解。"气场"并不是一架小钢炮，能够扫射掉所有路障，把女孩子的人生变得一片坦途。甚至，"气场"本身就是个中性词，它自带优点和缺点，"有气场"从来不代表霸气，更何况，再霸气的女人都得学会面对与扭转委屈。

我认识一位女企业家 L，她早年创业成功，对行业大势把握稳健，人好看又肯吃苦，曾经得到过很多前辈的帮助，这些欣赏她的前辈经常把家族子弟送到她公司实习，学习她为人处世的方式。可并不是所有富二代都甘心从底层做起，矛盾就由小事引发。一位被送来实习的男孩觉得工作烦琐又不被重视，回家告了状，并且曲解 L 话语中的含义，对父母说 L 相当看不上自己，多次训斥自己"有钱就了不起啊"。

误解一点点积累，终于集中爆发。男孩的母亲曾经是 L 入行的引路人，性格直爽泼辣。原本两人关系极佳，但架不住护子心切，她终于亲自来到L办公室问罪，出人意料地拿出一沓钞票，抬手轻扬，钞票雨纷纷洒落，她说："有钱没什么了不起，但是，今天的你也不要忘记，没有一张钞票是好挣的。"

办公室里秘书、高管鸦雀无声，进也不是，退也不是。反倒L面色如常，吩咐秘书泡茶，邀请男孩的母亲入座，自己穿着八厘米高跟鞋与得体的职业装，先蹲下身，再整理平裙摆，伸出指甲修剪整齐的手，亲自从办公桌附近各个角落一张一张地捡起钞票，不快不慢，不急不躁，不声不响，不怒不恼。

钞票全部捡完后，L起身捋捋头发，抚平裙子的皱褶，把纸币顺着同一个方向整理好，仔仔细细码整齐，再双手奉上，说："大姐，消消气，你点点，有没有少。你带着妹妹白手起家，我们怎么会不明白'话难听，钱难挣'的道理，所以，我绝不会说'有钱就了不起啊'这种话。你把孩子放我这儿是信任我，我就得拿孩子当亲生的看待，我管得不对，姐姐怨我怪我，我没有半句话。但是，如果因为我假客气、不敢管，孩子做得不对还不说，那就是真正对不起姐姐了。"

这件事情的结局是，男孩的母亲双手接过钱，抱了抱L，甩手捶了儿子一拳头，依旧把他放在L身边实习，两家谈笑风生，往来如初。

这是我在认识L之前听熟人转述的片段，当时心里就想："这个女人真有气场啊！"

"气场"仅仅是大杀四方吗？

我更认同"气场"实际上是女人对自己的内在要求，用心力支撑外表的气度，用行为约束内心的奔流，她们处变不惊并不装腔作势，身居高位并不盛气凌人，才华满身并不咄咄逼人，明明可以秒杀我这种路人，却依旧和风细雨，让人相处舒适。

和 L 直接认识之后，我们曾经一起去安徽山区支教，那是一次大型公益活动，每位来自不同行业的嘉宾给山区孩子上一堂课。为了动员更多人关注公益，活动也邀请了几位影视明星参与，现场分成两个环节，第一个环节是到山区小学上课，第二个环节是慈善晚宴拍卖捐款。

给孩子们上课前，我和 L 一见面就会心笑起来：我们俩撞衫了，都是活动要求的白色 T 恤和牛仔裤，没有一件首饰，画着淡到几乎可以忽略的妆，没有任何扎眼的装饰品喧宾夺主。课也上得特别开心，孩子们积极参与，临别时依依不舍，L 细心记下孩子们需要的东西，嘱咐助手回去准备好再送过来。

晚上慈善拍卖晚宴，L 一反白天的朴素，长发挽起，一袭简单的白色小礼服，戴着珍珠耳钉，优雅得体。她拍下了当晚最贵的一件物品，主持人让孩子们上台鞠躬表达感谢，她立刻制止，亲热拉起两个孩子的手，微笑说："学到自己喜欢的东西，这就够了。"

L 并没有逼人的气势，却自然而然地气场十足，而且，她很会根据场景的不同表现不同的气场。

因为"气场"实在是个很被误解的词语，所以，在《情商是什么》之后，我写作了《气场哪里来》这本书，希望通过黑色、红色、蓝色、紫色、白色和黄色六种不同颜色的分类和分析，向女性朋友表达"气场"的概念。其实没有一个女人的"气场"是单一的，就像生活多姿多彩，一招鲜肯定无法吃遍天，绝大多数时候都需要我们根据不同场景选择不同的气场去面对。我们可以把某一种颜色的气场作为自己的"基础色",在这个基础上扬长避短,趋利避害,做出最恰当的反馈。

就像这篇后记中的 L 女士,她既有白色"好人缘"气场的随和,也有紫色"优雅"气场的淡定,该出手时还有红色"C 位"气场的抢眼,因为每一位女性都是多面体,反射着不同的生活之光。

感谢鲁彦琦和陆璐两位伙伴协助整理和勘误资料。

(全书完)

气场哪里来

作者 _ 李筱懿

产品经理 _ 王宇晴　　装帧设计 _ 朱大锤　　产品总监 _ 熊悦妍

特邀技术编辑 _ 白咏明　　责任印制 _ 梁拥军　　出品人 _ 王誉

鸣谢（排名不分先后）

一草 何娜 张幸 楚婷 朱君君

果麦

www.guomai.cn

以　微　小　的　力　量　推　动　文　明

图书在版编目（CIP）数据

气场哪里来 / 李筱懿著. -- 广州：花城出版社，
2023.5
ISBN 978-7-5360-9963-0

Ⅰ. ①气… Ⅱ. ①李… Ⅲ. ①散文集－中国－当代
Ⅳ. ①I267

中国国家版本馆CIP数据核字（2023）第039111号

出 版 人：张　懿
责任编辑：李　卉　吴其佳
责任校对：衣　然
技术编辑：林佳莹
装帧设计：朱大锤
产品经理：王宇晴

书　　名	气场哪里来
	QICHANG NALI LAI
出版发行	花城出版社
	（广州市环市东路水荫路 11 号）
经　　销	全国新华书店
印　　刷	北京世纪恒宇印刷有限公司
	（北京大兴亦庄经济开发区科创三街经海三路 15 号）
开　　本	880 毫米 ×1230 毫米　32 开
印　　张	7.75
字　　数	185,000 字
版　　次	2023 年 5 月第 1 版　2023 年 5 月第 1 次印刷
印　　数	1—10000 册
定　　价	45.00 元

如发现印装质量问题，请直接与印刷厂联系调换。
购书热线：020-37604658　37602954
花城出版社网站：http://www.fcph.com.cn